O ÚLTIMO Homem DO Mundo

Tais Cortez

O Último Homem do Mundo

Ler Editora

Brasília, 2014

LER Editora Ltda.
SIG Quadra 3 Bloco B Lote 49 Loja 59
CEP 70610-430 - Brasília - DF
Telefone: 61 3362 0008
lereditora@lereditora.com.br
www.lereditora.com.br

Editor
Antônio Carlos Navarro

Autora
Tais Cortez Ferreira

Capa
Renato Klisman

Diagramação
Samuel Tabosa de Castro

Dados Internacionais de Catalogação na Publicação (CIP)

Ferreira, Tais Cortez

O último homem do mundo / Tais Cortez Ferreira. — Brasília: LER Editora, 2014.
224 p. 22 cm.

ISBN: 978-85-64898-65-3

1. Literatura brasileira. 2. Romance. I. Título.

CDU 82-31

Obra em conformidade com o Acordo Ortográfico da Língua Portuguesa

A Deus, por tudo.

A minha familia, por ser minha fortaleza.

Ao meu noivo, por sempre acreditar em mim.

Aos meus amigos, por tornarem meus dias mais felizes.

Aos queridos blogueiros que conheci nessa jornada, pelo carinho que têm por mim e minhas obras.

Ao leitor, que se interessou por esse livro. Espero que ele proporcione a você a diversão que tive ao escrevê-lo.

Sumário

I. Educação de Elite

Eu estava tão irritada, que mal podia me controlar. Sentia-me febril com a fúria que queimava dentro de mim. Queria gritar, chorar e fugir para bem longe dali. Mordia os lábios e movia as pernas compulsivamente. Tentava me fazer de surda com fones de ouvido e um Rock no volume máximo, mas eu via seus lábios mexendo, e ela parecia não notar o esforço que eu fazia para torná-la invisível.

Ela havia decidido cada detalhe da minha vida, e eu não conseguia suportar mais isso. Se ela ao menos se importasse comigo. Mas não. Ela não dava a mínima para o que eu pensava ou se era feliz. Tudo girava ao redor dela, de sua carreira e de sua fama. Fazia muito tempo que era assim. E eu era apenas um acessório, ora conveniente, ora não, e, quem sabe, eu não fosse mais do que um estorvo em sua vida.

Minha mãe era muito jovem quando nasci, mas eu não conseguia perdoá-la por não ter sido a mãe que eu precisava. E eu havia precisado dela tantas vezes, mas ela nunca tinha tempo para mim. E a dor foi tão grande, que me tornou mais forte. Forte demais. E rebelde. E, talvez, agressiva demais.

Da menina boa e solitária eu comecei a mudar. Tornei-me explosiva e temperamental, sendo expulsa de três colégios nos últimos três anos. Minha mãe era milionária, e eu não entendia o porquê de seguir um rumo cujo fim era onde ela já estava.

"Quando você morrer, o dinheiro fica comigo, não é!? Por que você não me deixa em paz?!", gritei em nossa última discussão. Ela quase chorou e as expressões de choque e sofrimento me fizeram perceber quão ruim era o que eu havia dito. É claro que eu não queria que ela morresse, mas eu estaria mentindo se negasse que, quase toda a minha vida, eu tinha me sentido uma órfã.

O celular dela tocou. Como sempre. Ela parou de olhar para mim, e eu pude deixar deslizar uma pequena lágrima despercebidamente. Mais um colégio, dessa vez, pior que os outros. Eu permaneceria lá durante toda a semana. A solução perfeita para ela se livrar de uma vez por todas de mim.

A Limusine parou. Nós havíamos chegado. Finquei minhas unhas pretas no banco de couro, tentada a não sair do carro. Ela percebeu o que eu maquinava e tratou de desligar o celular, voltando-se a mim. Falou algumas palavras e, percebendo os fones em meus ouvidos, retirou-os, aborrecida.

– Eu não quero ouvir nada do que você tem a dizer – avisei.

– Amanda, por que você tem que tornar tudo tão difícil? – perguntou. Suas feições de vítima não me amoleceram. – Olha o que você fez com o seu cabelo. Olha essas roupas e essa maquiagem. Onde está a minha filhinha?

– Será que você não entende?! – exasperei-me. – Se você quer ficar sozinha, é só me deixar ir embora! Eu não quero ficar nesse colégio!

– Não é nada disso! – ela perdia a paciência. Eu tinha esse efeito nas pessoas. – Eu quero que você tenha uma boa educação e que se torne uma mulher de respeito.

– Como você? – perguntei, sarcástica. Eu guardava as revistas em que ela estava na capa com algum ator, diretor, músico ou empresário. Mamãe colecionava relacionamentos desastrosos e escândalos internacionais.

– Amanda, respeite-me! Eu sou sua mãe! – advertiu-me com o rosto vermelho e os olhos marejados. Ela era uma grande atriz, eu devia admitir.

– Então, por que não começa a agir como uma? – indaguei ironicamente. Balancei a cabeça em desaprovação. – Eu queria que não fosse! – disse com gosto.

Ela abaixou o rosto, como se tivesse sido esbofeteada. Por alguns segundos, ela permaneceu imóvel, assimilando aquilo. Uma mão invisível comprimiu meu coração, temeroso que ela não me quisesse também como filha. Eu sentia isso todas as vezes que ela olhava para mim, em cada reprovação e em cada momento em que ela se afastava de mim. O que eu deveria pensar, se ela sempre me deixava de lado?

Mas ela não disse nada. Retirou os óculos escuros da bolsa e saiu do carro. E eu não soube dizer se preferia que ela falasse ou emudecesse. Eu saia machucada nas duas situações, e acabava convertendo toda essa mágoa em uma ira desmedida contra tudo e todos que atravessassem meu caminho.

– Vamos! – gritou do lado de fora.

Enraivecida, saí rapidamente, caminhando à frente para não ter que lidar com os olhares voltados a ela. Mamãe era uma atriz conhecida mundialmente. Ela era muito atraente e usava roupas chamativas e ousadas, o que me incomodava profundamente, porque os jovens da minha idade ou debochavam ou se interessavam por ela.

Era o início do ano letivo e havia muitos carros e alunos caminhando em direção à entrada. O colégio era cercado por seguranças, e nele estudavam os filhos das famílias mais ricas do país. O lugar foi construído em um terreno gigantesco e, além das aulas convencionais, havia aulas de equitação, esgrima, golfe e ginástica. A escola realizava campeonatos de futebol e possuía um time feminino de torcida. Nada disso me interessava pelo simples fato de não querer estar ali.

Acelerei os passos e ouvi minha mãe pedindo que eu a esperasse. Virei-me, e ela estava cercada por alunos, pedindo autógrafos e tirando fotos. Os guarda-costas de mamãe tentavam conter a movimentação, enquanto ela sorria, simpática. Apressei-me mais ainda, a ponto de quase correr. Desviei-me de alguns alunos como uma fugitiva profissional. Talvez, com um pouco de esforço, eu conseguisse escapar.

A tentação era grande e, quanto mais eu me aproximava da entrada, maior o aglomerado de alunos. Alguns se despediam de seus pais, outros conversavam com os amigos. Olhei para trás, e mamãe estava distante, olhando ao redor, procurando por mim.

Quando me virei de volta, já era tarde. Colidi com um dos alunos, e nós dois caímos estendidos no chão, um ao lado do outro. Senti seu perfume próximo e subitamente quis ver seu rosto. Uma garota loira o ajudou a se levantar, e eu fiz o mesmo sozinha. Meu olhar cruzou com o do garoto que eu acabara de derrubar, fazendo-me perder a fala. Ele era muito bonito.

Seus olhos negros eram sedutores, combinando com os cabelos escuros, que destacavam a pele clara. O corpo era simplesmente perfeito, mesmo por trás do terno excessivamente alinhado que ele trajava. Mas havia algo nele que arruinava por completo o efeito deslumbrante de seu exterior. A postura esnobe transparecia a criação e o caráter de um garoto rico e mimado.

– Você é cega? Olha por onde anda! – reclamou.

– Essa é uma zona de passagem. Vocês é que estão atrapalhando o fluxo! – gritei, chamando a atenção de algumas pessoas próximas.

– Que absurdo! – exclamou a garota loira ao seu lado. – Você sabe com quem está falando? – colocou as mãos na cintura.

– Eu não sei, nem quero saber! – rebati, agressiva.

– O que é isso? Uma festa à fantasia? – divertiu-se o garoto com quem eu colidi, estendendo a mão e tocando meus cabelos. A garota loira, suas duas amigas e dois outros garotos riram.

Após descobrir o plano de mamãe em me mandar para aquele colégio, meu último ato de rebeldia foi passar tinta removível roxa em meus cabelos ruivos, penteá-los para deixá-los armados e desalinhados, vestir-me por completo de preto e colocar uma maquiagem forte no rosto. A aparência era para constranger minha mãe.

– Não toque em mim, se não quiser perder o dedo! – ameacei-o com um sorriso nos lábios. Eu estava prestes a machucá-lo e, dessa vez, propositalmente.

– Amanda! – mamãe repreendeu-me.

– Droga! – praguejei. Ela havia me alcançado. Os alunos já se dissipavam, e eu não conseguiria mais fugir. – Idiotas! – culpei-os.

Sai batendo os pés, deixando minha mãe e aquele grupo de jovens boquiabertos. Decidi esperá-la dentro do colégio, poupando-me de ouvir suas desculpas àqueles riquinhos que se achavam donos do mundo.

Quando a avistei, ela sinalizou para que a seguisse. Os guarda-costas esperaram na frente da porta. Uma mulher ao seu lado, de terno verde escuro e cabelos castanhos presos em um coque, guiou-nos até a sala do diretor.

Ele era relativamente novo, talvez tivesse trinta e poucos anos, como minha mãe. Sua postura o distinguia dos homens ricos que eu conhecia, o que me fez imaginar se ele havia sido pobre, como minha mãe era quando nasci. Ele também era razoavelmente atraente para um homem de sua idade.

– Amanda, este é o diretor do colégio, o senhor Alexandre Menezes. É um amigo meu de muitos anos.

Ele estendeu a mão para me cumprimentar.

– Amigo ou antigo namorado? – perguntei, apertando sua mão, sem poupar a indiscrição.

– Amanda Priscila Oliveira! – repreendeu-me, estupefata.

– Isso quer dizer que sim – dei de ombros.

– Viu o que eu disse? – ela se voltou ao diretor. Ele sorriu, sem graça. – Eu não sei mais o que fazer com ela! Tudo o que faço parece errado e ela parece me odiar cada vez mais!

– Mamãe, por favor! – revirei os olhos. – As câmeras não estão por perto, chega de bancar a atriz!

– Ela é simplesmente impossível! – sentou-se dramaticamente em uma das cadeiras.

O diretor se sentou e apontou a cadeira ao lado de mamãe para que eu me sentasse.

– Senhorita Oliveira, tenho certeza que este colégio excederá suas expectativas. O "Educação de Elite" não só forma a elite nacional com a melhor educação do país, como também dispõe de uma infraestrutura completa para o lazer e diversão dos alunos – ele fez a boa e conhecida propaganda.

Eu já conhecia o colégio, localizado em São Paulo, porque já tinha visto a divulgação várias vezes na televisão. Era nele que estudavam os filhos das pessoas mais ricas do país, sendo um dos meios mais eficazes para os pais se livrarem de sua prole com a desculpa de que pensavam na melhor educação que poderiam oferecer.

– Senhor diretor, com todo o respeito, eu não ficaria aqui nem se o Brad Pitt fosse um dos professores – sorri sarcasticamente.

– Tenho certeza que, com o tempo, mudará de ideia – ele não desistiu. – Minha filha também é uma aluna do segundo ano e sei que serão grandes amigas – comentou, otimista.

Eu tinha, no mínimo, dez respostas contrárias às suas previsões, mas eu estava cansada para usar qualquer uma delas. Nada que eu dissesse o faria acreditar que eu não pertencia, nem permaneceria naquele lugar, então me limitei a lançar meu olhar frio e incrédulo em sua direção. Eu não daria sequer um mês para conseguir minha quarta expulsão.

Conhecia inúmeros truques para conseguir isso e não hesitaria em usá-los. O diretor parecia ser um homem decente, mas isso não mudaria minha mente decidida em fazer o que fosse necessário para sair dali. Alexandre nos acompanhou até a porta e se desculpou por não nos levar até a saída, mas tinha que recepcionar outros pais.

– Muitíssimo obrigada, Alexandre. Nem sei como agradecer – disse mamãe, emotiva.

– Não tem de quê. Manteremos contato – falou amigavelmente.

Caminhei calada, ao lado dela, remoendo dentro de mim uma mágoa profunda e uma fúria ardente. Minha mãe estaria livre para viver seus ridículos casos amorosos e contracenar seus filmes, enquanto eu ficaria trancafiada em uma escola conservadora, repleta de pessoas fúteis e esnobes.

– Amanda, por favor, comporte-se desta vez – pediu, quase implorando.

– Do que você está falando, mamãe? Eu sempre me comporto – respondi, sarcástica.

– Você sabe que eu amo você, não é? – perguntou, inclinando-se para me dar um beijo.

Afastei-me de seu alcance, emudecida. Mamãe suspirou, retirou os óculos escuros da bolsa e seguiu de volta para a Limusine, sendo interceptada por alguns alunos que ainda chegavam e, reconhecendo-a, pediam autógrafos e fotos. Eu a observei saindo e senti como se aquela cena, de mamãe partindo e eu me sentindo sozinha, tivesse sido repetida inúmeras vezes em minha vida.

– Eu ouvi dizer que o último caso dela a está processando por atentado ao pudor! – uma voz feminina familiar comentou, provocando risinhos.

Não demorei a perceber de onde veio o comentário. Era a mesma garota loira de poucos minutos atrás, que me observava como se dissecasse um inseto, cercada pelo mesmo grupo de jovens de antes.

Eles se divertiam à custa da reputação amorosa de minha mãe. Suas palavras inflamaram a raiva que eu armazenava dentro de mim, dando-me uma primeira ideia de como conseguir ser expulsa daquele colégio.

– Repete? – desafiei-a.

Ela repetiu e, antes que terminasse a frase, eu a derrubei no chão e a esbofeteei repetidas vezes. Tendo a atriz Patrícia Oliveira como mãe, não era a primeira vez que eu me envolvia em brigas, e a riquinha mimada não teve chance alguma de se defender.

Os alunos começaram a nos cercar para observar o que estava ocorrendo, e a briga só parou quando o garoto que eu havia derrubado me arrancou de cima da loirinha e me prendeu com os braços atrás das costas.

– Me larga, imbecil! – protestei, indomável.

– Fica quietinha – segurou-me com força. Ele se divertia com tudo aquilo. Seu perfume delicioso me envolveu, enfraquecendo minha vontade de ser solta.

As amigas da garota loira a ajudaram a se recompor, ajeitando seu cabelo e roupas. Seu rosto vermelho e a expressão ultrajada prometiam uma expulsão gloriosa. Eu conseguiria ser expulsa naquele mesmo dia e isso me deixava realmente orgulhosa de ter esse êxito tão rápido.

– O que está acontecendo aqui?! – o diretor, exasperado, passou o olhar de mim para a garota agredida, sem acreditar no que acontecia.

– Para a diretoria, as duas, já! – esbravejou. – Os outros se dirijam aos seus quartos! Isso aqui não é nenhum espetáculo!

Era a primeira vez que eu o via nervoso e sua autoridade era, até certo ponto, intimidante para jovens que, diferente de mim, respeitavam alguma autoridade. Seguimos eu e a garota loira atrás de Alexandre.

Ela, receosa, embora certa de que a culpa não era sua. Eu, internamente comemorando minha em breve anunciada expulsão. Sentamos os três para esclarecer a situação.

– Posso saber o que leva duas jovens de famílias respeitáveis a brigarem como animais selvagens?! – perguntou, ainda exaltado.

– Papai, eu não fiz nada! Estava conversando com o Ricardo e as meninas quando essa louca me atacou! – mentiu, convincente.

– Senhorita Amanda? – ele quis ouvir minha versão.

– Você é pai dela? – perguntei, surpresa.

– Isso não vem ao caso, mas sim – ele pareceu confuso com meu semblante tranquilo e satisfeito.

– Sinto muito – brinquei. A garota loira se remexeu.

– Senhorita Amanda! É verdade o que a senhorita Mariana acabou de dizer? – perguntou, perdendo a paciência.

– Sim, é verdade – confirmei, sem conseguir disfarçar um sorriso bobo nos lábios.

O som de batidas na porta me deixou em alerta. A secretária surgiu com duas alunas. A sensação de que meu plano ia por água abaixo surgiu a partir daí. As duas meninas pareciam ser amigas, embora possuíssem personalidades visivelmente diferentes.

A mais alta tinha um estilo esportista e descolado, uma combinação incomum entre os alunos daquele colégio. Já a mais baixa usava roupas femininas e parecia ser tímida e retraída, o que também destoava do típico ar prepotente dos amigos da filha do diretor.

– Com licença, senhor diretor, mas a senhorita Maíra e a senhorita Paulina disseram ter visto o que aconteceu – disse a secretária.

– Obrigado, Júlia. Pode deixá-las entrar.

De intensamente feliz, eu passei para tensa. Aquelas duas meninas intrometidas poderiam colocar tudo a perder. Eu não tinha reparado nelas, mas havia outros alunos próximos antes e durante a briga. Seria possível que elas tivessem ouvido tudo e que estavam dispostas a se expor e testemunhar sobre o que ocorreu de verdade?

– O que vocês têm a dizer? – ele perguntou.

– Nós vimos o que aconteceu, sabemos por que a briga começou – disse a garota mais alta.

– Como vocês viram, se não estavam lá? – disse a filha do diretor em uma tentativa de desacreditá-la.

– Mariana, deixe que elas falem! – repreendeu-a Alexandre. A garota exibiu uma expressão indignada e cruzou os braços, contrariada. – Vocês estavam presentes quando tudo aconteceu? – perguntou, exausto com as confusões daquele dia que mal tinha começado. Ele mal sabia que essas turbulências vinham do ônus de ter me aceito no colégio.

– Nós estávamos sim! – defendeu-se a garota mais alta. A mais baixa assentiu positivamente.

– E o que foi que houve? – ele continuou.

– A Mariana falou mal da mãe dela – a garota alta apontou pra mim – e ela partiu para cima. Com razão, não é, senhor diretor? – contou sem rodeios.

– Isso é verdade?! – o diretor olhava chocado para sua filha.

Eu estava furiosa com as duas garotas. Parte de mim estava admirada com a coragem delas, mas uma parte maior estava inconformada que elas tivessem se intrometido em algo que não lhes dizia respeito: a minha vida.

Não importava se tinham boas intenções, pois minha raiva me tornava irracional e só o que eu pensava era que o depoimento delas estava me condenando a passar mais um dia naquele lugar insuportável.

– É verdade. A filha da Patrícia Oliveira ouviu a Mariana falando mal da mãe dela – a garota mais baixa, com os ombros encurvados e o olhar baixo, falou com voz quase inaudível. – Nós duas ouvimos – completou, aumentando o tom de voz e tentando parecer confiante.

Alexandre permaneceu pensativo por alguns segundos. Seu olhar investigativo passava das duas garotas para mim e, então, para sua filha. Eu adivinhei, com irritação e tristeza, sua decisão antes mesmo que ele a dissesse.

– Obrigado, senhoritas Paulina e Maíra. Podem se retirar – disse, ainda pensativo. Tão logo elas saíram, ele continuou. – Agredir verbalmente um aluno é tão grave quanto fisicamente neste colégio. Você duas erraram e serão punidas. Não poderão retornar aos seus lares nesse final de semana.

– Mas papai – Mariana choramingou.

– Está decidido – interrompeu-a.

Mariana deixou a sala contrariada e batendo os pés. De certa forma, eu deveria estar contente por sua mentira ter sido descoberta, mas eu estava furiosa por ter que permanecer ali. Quanto à punição para o final de semana, não me parecia um problema, uma vez que eu estava confiante de que já não me encontraria ali de qualquer forma.

– Eu ligarei para sua mãe, para avisá-la que você deverá permanecer no colégio esse final de semana, e explicarei o motivo – disse, observando-me com excessiva atenção.

– Não faz diferença. Ela está sempre trabalhando – falei, indiferente.

– Por que você não disse nada? – Alexandre quis saber, referindo-se ao que tinha realmente ocorrido.

– Sério? Você não sabe mesmo? – perguntei, duvidando que ele não tivesse entendido.

– Você queria ser expulsa – concluiu.

– É só uma questão de tempo – dei de ombros.

– Você deveria dar uma chance para o lugar. Pode ser que se surpreenda – tentou me convencer. Eu não respondi. – Peça para minha secretária, a senhora Júlia, ajudá-la a encontrar seu quarto.

Eu fiquei feliz em deixar sua sala. Alexandre não era ruim. Ao contrário, eu tinha que reconhecer que ele parecia ser legal e justo. No entanto, tinha algo nele que me incomodava profundamente: ele prestava atenção em mim. Isso era algo com que eu não estava acostumada e não sabia lidar muito bem.

II. Companheiras de quarto

– Esta é a sua grade de horários – Júlia me entregou um pequeno bloco encadernado.

"Educação de elite", constava o nome do colégio em letras maiúsculas. "Regras e instruções para o convívio escolar", estava escrito logo abaixo. Passei rapidamente as páginas, nas quais constava uma lista infindável de regras. "Pontualidade nas aulas", "Uso obrigatório do uniforme", "Obediência aos professores e autoridades", "Respeito mútuo", "Proibido relacionamentos amorosos em ambiente escolar", "Proibido o consumo de cigarros, álcool e outras drogas", entre outras. Na última página, havia uma grade de horários.

– A primeira aula é às *sete horas da manhã?* – perguntei, achando graça.

– O café da manhã é servido até as seis e cinquenta. As aulas são no período da manhã e, após o almoço, os alunos têm até as seis horas da tarde para praticarem esportes, esgrima, equitação e outras atividades extracurriculares. Às sete horas é servido o jantar e, às nove horas, todos devem se retirar para seus quartos – explicou a rotina do lugar. – Vou pedir para um dos alunos de sua sala mostrar as dependências do colégio e levá-la até seu quarto – disse enquanto discava.

– Eu não faço questão de conhecer nada por aqui. Não pretendo ficar por muito tempo – comentei, mas ela já falava ao telefone.

Após alguns minutos, ouvi passos se aproximando de onde estávamos. Eu não tinha vontade de conhecer aquele lugar, pois só queria me trancar sozinha em meu quarto e refletir sobre meus planos de ser expulsa o quanto antes. Para minha surpresa, o aluno chamado era o garoto que eu havia derrubado.

– Você! – exclamei, surpresa.

Ele não parecia satisfeito em estar ali. Na verdade, ele me encarava da mesma maneira como tinha feito após nossa colisão naquela manhã. Como se eu fosse algum tipo de inseto imundo que pousou em sua comida. Mas logo notei que também havia um leve sorriso de deboche em seus lábios.

– Vocês já se conhecem? – Júlia perguntou, simpática.

– Não! – respondemos ao mesmo tempo.

– Esse é o senhor Ricardo Miliano. Ele foi o representante de sala no ano passado e, até termos uma nova eleição esse ano, ele está encarregado de apresentar o colégio aos novos alunos de sua sala – disse, sorrindo para o garoto. – Esta é a senhorita Amanda Priscila Oliveira. – A secretária estendeu uma chave a mim. – Está no quarto 172.

– Tudo bem – concordou, diplomático. – Vamos guardar suas malas primeiro? – convidou com uma simpatia que me pareceu muito falsa, mas Júlia sorriu, satisfeita e encantada pelo charme do garoto.

Seguimos em silêncio e ele me mostrou o corredor dos dormitórios femininos, nos quais nenhum garoto poderia entrar. Ele me esperou enquanto eu deixava minhas malas no quarto. Reparei em outras duas camas, mas não havia mais ninguém ali. Ricardo me mostrou o corredor das salas de aula, o restaurante em que faríamos as refeições, a ala dos dormitórios masculinos, as duas salas de jogos e as três salas de filmes.

No lado externo do colégio, havia uma enorme piscina, quadras de esporte, o estábulo, uma área própria para hipismo e uma construção coberta onde ocorriam os eventos sociais do colégio. Levou alguns minutos para que ele tirasse a máscara de bom menino.

– O que você está fazendo aqui, afinal? – perguntou enquanto caminhávamos de volta para os dormitórios.

– Quê?

– Quero dizer, olha para você! – disse, olhando-me com desprezo. – Essa é uma escola de elite para os filhos das melhores famílias desse país. Que tipo de garota teria essa aparência medonha?

– O tipo de garota que não se importa com o que um riquinho babaca e esnobe pensa dela – sorri, procurando deixar claro que eu não me importava com sua opinião.

– O que você disse? – parou de caminhar, perplexo.

– Exatamente o que você ouviu – respondi, audaciosa.

– Você não vai querer ficar no meu caminho – sorriu, mas seu belo sorriso não anulou o tom de ameaça.

– Estou morrendo de medo – ironizei.

– Ou no da minha namorada – acrescentou, irritado.

– O quê? – desatei a rir. – Então, aquela idiota é sua namorada? – fazia sentido. Os dois se mereciam. – Agora deixa eu falar uma coisa – dei um passo em direção a ele para intimidá-lo, mas ele não se moveu, e a proximidade acabou me deixando desconfortável. – Eu não vou ficar nesse colégio por muito tempo, mas, enquanto estiver aqui, é melhor você e sua namorada ficarem fora do *meu* caminho. E se ela falar um "a" sobre a minha mãe de novo, não respondo por mim!

Deixei-o a passos largos antes que ele retrucasse. Entrei no quarto irritada e encontrei minhas duas colegas de quarto, que eram nada menos que Paulina e Maíra, as meninas responsáveis por eu estar naquele lugar. Eu estava furiosa demais para reconhecer o que elas tinham feito por mim.

– Olha só, que mundo pequeno! Eu sou a Maíra – disse a garota mais alta, que parecia uma esportista.

– E eu, a Paulina – cumprimentou a garota mais baixa e tímida.

– Pequeno demais! – retruquei. Ela e Paulina franziram o cenho, sem entender. – Por que vocês tiveram que se meter?! – gritei, explosiva.

– Você quer dizer por que a gente *ajudou* você? – Maíra não parecia ser o tipo de garota que aceita desaforo.

– Vocês não tinham que se intrometer! – continuei, sem conter minha revolta.

– Você *queria* ser expulsa? – perguntou Paulina, confusa.

– É claro que sim! Por que eu ia querer ficar aqui? – exaltei-me, sarcástica.

– Porque a EE é uma das melhores escolas do país – respondeu Paulina, confusa. Eu grunhi, cansada de ouvir aquilo.

– Que seja! Só fiquem fora do meu caminho e não se metam mais onde não são chamadas! – adverti, impaciente e irritada demais para continuar a conversa.

– Com todo o prazer! – replicou Maíra. – Essa garota tem problemas – comentou enquanto eu já as ignorava e procurava meus fones de ouvido.

Passei a maior parte do dia trancada no quarto e só saí de meu abrigo para almoçar e jantar. O restaurante dispunha de um cardápio extenso, que incluía comida japonesa, italiana, brasileira e mexicana. Os atendentes traziam a refeição escolhida à mesa em poucos minutos.

Os pratos eram *à la carte* e os preços estavam inclusos na vultosa quantia paga na mensalidade. Após pedir lasanha, esperei em silêncio em uma mesa com alguns alunos que conversavam entre si. Alguns olhares curiosos e desconfiados em minha direção não me incomodaram.

De volta ao quarto, deitada na cama, tentei não pensar em minha mãe, mas minha mente era tão desobediente quanto eu. Ela estava bem e feliz, enquanto eu estava furiosa e infeliz. Isso não me parecia justo. E eu odiava injustiça.

Eu sentia vontade de chorar e de gritar. Gritar até meus pulmões doerem e até minha garganta queimar. Tentei dormir e esquecer toda a dor que me torturava, mas o sono parecia brincar de gato e rato comigo, não me deixando descansar.

Levantei-me da cama e decidi dar uma volta pelo colégio. Maíra e Paulina já estavam deitadas há algum tempo e imaginei que os demais alunos também já tivessem se retirado. Um ar fresco me faria bem.

– Você não deveria sair do quarto – a voz de Paulina soou na escuridão do quarto.

– Por quê? O bicho papão ronda a escola? – debochei.

– Quase isso. A inspetora Vilma – contou.

– Ótimo! Quem sabe eu conserto o que vocês duas fizeram – resmunguei. A ideia de sair era cada vez mais atraente.

– Mas...

– Deixa ela, Paulina – repreendeu-a Maíra. – Vamos dormir, porque ajudar essa daí é perda de tempo.

Deixei o quarto e circulei pela escola sem temer ser descoberta. Na verdade, eu me esforçava em arrastar o pé ou esbarrar nas portas com a esperança de ser encontrada. Para meu desgosto, não havia ninguém por perto. O colégio se encontrava em quase completa escuridão e eu segurava a lanterna do celular para identificar por onde andava.

No entanto, após alguns minutos explorando o lugar, pensei ter ouvido sussurros. Ignorei o som, a principio, mas os sussurros se repetiram e decidi descobrir do que se tratava. Mais silenciosa do que antes, caminhei buscando a sua origem. A escuridão permitia uma camuflagem perfeita.

– Não faz barulho – alguém sussurrou. Parecia uma voz masculina.

– Você sabia que é o garoto mais gato desse colégio? – um sussurro feminino perguntou.

Tratava-se de um casal que se encontrava às escuras, em um sofá, na sala de jogos. O garoto segurava o celular, e a luz permitiu que eu identificasse seu rosto. Reconheci imediatamente o sorriso e o olhar penetrante. Era Ricardo. De repente, fiquei mais interessada em observar o que estava acontecendo.

– Você é muito gata também – elogiou, beijando-a em seguida.

Com o movimento, o celular iluminou a garota que estava com ele. Para minha surpresa, não era Mariana, sua namorada, pois o cabelo da menina não era loiro, e sim castanho escuro. "Eu já devia imaginar", pensei.

– Mais do que a Mariana? – a garota arriscou, dengosa.

– Eu estou aqui com você, não estou? – ele respondeu, beijando-a novamente.

Enjoada por presenciar aquilo, retirei-me discretamente e voltei para meu quarto. Maíra e Paulina se moveram em suas camas ao perceberem meu retorno, porém não disseram nada. Eu ainda não estava com sono, então coloquei meus fones de ouvido com a esperança de que uma música calma ajudasse.

Eu não conseguia esquecer o que tinha acabado de ver. Mentiras e traições sempre mexiam comigo, especialmente após meu término de namoro. Assim como Mariana, eu tinha sido traída por alguém em quem eu confiava, mas, apesar disso, contar a ela o que eu sabia estava fora de questão.

Primeiro, porque fazer um favor a ela não estava na minha lista de prioridades. Segundo, porque, ainda que eu lhe contasse, ela não acreditaria em mim. E, terceiro, porque eu não tinha nada a ver com isso.

Forcei-me a tirar mamãe e a traição de Ricardo da cabeça e me concentrar no dia seguinte e em meus planos para ser expulsa. Olhei no celular e já passavam das duas e meia da manhã. Sorri no escuro.

Eu não precisaria me preocupar, pois a primeira ideia para conseguir sair dali seria dormir até tarde e faltar às aulas do dia seguinte. Então, eu poderia fazer isso no outro dia e no outro, até que me expulsassem. Adormeci, satisfeita.

III. Tentativas frustradas

– Amanda – alguém me chamou.

Com dificuldade, abri os olhos. Era Paulina, vestida com o uniforme escolar. Eu também tinha recebido algumas peças daquele uniforme antes das aulas começarem. Mamãe os tinha colocado em minha mala.

– Acorda. Você vai se atrasar – ela chamou.

Puxei a coberta para cima da cabeça, sonolenta demais para mandá-la embora. Paulina continuou a me chamar, e eu estranhei que ela estivesse falando comigo depois de tê-la tratado mal no dia anterior.

– Deixa ela, Paulina. Você não percebeu que ela *quer* perder a aula – disse Maíra. Ouvi o som da porta sendo fechada.

– Amanda! – Paulina insistiu. Apenas Maíra havia saído, enquanto a amiga continuava tentando me acordar. – A inspetora Vilma passa nas salas, recolhendo a lista de chamadas, e ela avisa ao diretor quando algum aluno está faltando.

Emiti um gemido irritado para ela me deixar em paz, e ela entendeu. Mais um som de porta batendo. Bocejei. Se me conhecia bem, dormiria até a hora do almoço.

No período da tarde, conforme a secretária Júlia havia explicado, os alunos praticavam esportes e atividades extracurriculares. Eu torcia para que minha ausência nas aulas daquela manhã fosse suficiente para conseguir ser expulsa. Com a saída de Maíra e Paulina, pude voltar a dormir, porém menos do que eu esperava.

– Senhorita Amanda Priscila Oliveira! – uma voz masculina enérgica me assustou.

Duas mãos retiraram as cobertas de cima de mim, e eu pude ver o que estava acontecendo. Olhei ao redor e vi o diretor Alexandre e uma mulher que eu desconhecia. Ela devia ter mais de quarenta anos, era magra, com cabelos escuros presos em um coque alto, tinha rugas nos cantos dos olhos e a boca fina. Ela parecia mais descontente com o que via que o diretor Alexandre.

– Isso é um absurdo! – a mulher reclamou, inconformada.

– É um caso delicado – explicou Alexandre. Ele se voltou a mim. – A senhorita devia estar em aula.

– Que horas são? – perguntei, ainda confusa com a agitação que me cercava.

– Oito e vinte! – bradou a mulher, cada vez mais irritada.

– Tão cedo – lamentei, espreguiçando-me.

– A sua primeira aula começou às sete – disse Alexandre. – Acredito que a senhora Júlia tenha lhe passado as regras.

– É – bocejei, fazendo pouco caso.

– A pontualidade nas aulas está entre as dez primeiras – disse.

– Levante-se agora e vá para a aula! – a mulher gritava cada vez mais alto.

– Essa é a inspetora Vilma – apresentou-a Alexandre.

– Imaginei – fiz uma careta.

– Senhor diretor, eu sei que o senhor está ocupado. Pode deixar, que eu me encarrego da Senhorita Oliveira – disse Vilma, confiante.

– Tudo bem – falou, incerto. – Qualquer problema estarei em minha sala.

– Não haverá problemas – ela disse, determinada.

Aquela mulher me dava arrepios. Eu não era facilmente intimidada por ninguém, mas ela tampouco parecia estar acostumada a dar o braço a torcer. Seus olhos atentos e sinistros me observavam fixamente enquanto o diretor saía do quarto. Eu tinha um mau pressentimento de que Vilma me daria trabalho.

– Escute bem, porque só vou falar uma vez – alertou-me, impaciente. – Em cinco minutos, estarei passando na frente de sua sala e espero ver a senhorita lá!

– Cinco minutos não dão nem para escovar os dentes – reclamei, preguiçosa.

– CINCO MINUTOS! – Ela gritou, fazendo meus ouvidos doerem.

– Está bem – dei de ombros.

Ela saiu irritada e bateu a porta. Olhei o horário em meu celular. Eu tinha quatro minutos até sair do quarto e mais um para chegar à sala de aula. Usei o banheiro e escovei os dentes. Olhei-me no espelho.

Meus cabelos estavam com a tinta removível roxa e pareciam mais embaraçados do que no dia anterior. A maquiagem borrada me fazia parecer pronta para uma festa de Halloween.

– Ela disse cinco minutos – conversei com minha imagem. – Acho que vou ter que ir assim mesmo – sorri, olhando para meu pijama e lembrando da obrigatoriedade do uniforme.

Eu devia admitir que estava melhorando a cada dia. Não é como se eu tivesse planejado. Simplesmente aconteceu. E eu caminhei, em meu pijama, mais feliz do que eu imaginava ser possível, em direção à sala. Os corredores estavam vazios e eu não vi sinal de Vilma. Olhei para o relógio. Cinco minutos exatos tinham se passado.

Entrei na sala sem pedir licença e me sentei no primeiro lugar vazio que encontrei. A professora, que falava, emudeceu, observando-me boquiaberta. Ela parecia não acreditar no que estava vendo. Os demais alunos também reagiram com espanto. Alguns risinhos e comentários foram gradualmente aumentando.

– Ela está usando pijama?

– Que cabelo é esse?

– Que maquiagem horrenda!

– Quem é ela?

– Por que ela está fazendo isso?

– Olha a cara da professora Giovana. Acho que ela vai ter um infarto.

– Que garota idiota.

– Ela está fazendo isso para ser expulsa.

– Esse é o melhor colégio do país. Onde mais ela quer estudar?

– Foi ela quem bateu na Mariana ontem, não foi?

– É a filha da Patrícia Oliveira.

– Silêncio! – gritou a professora, descontrolada. A sala se calou por completo. – O que é isso, senhorita... – ela olhou em uma lista, procurando algo. – Amanda Priscila Oliveira?!

– Isso? – fingi-me de desentendida.

– A senhorita veio à aula de *pijama*?! – exclamou, sem saber como lidar com aquilo.

– A senhora não gostou dele? – perguntei, fingindo-me de desentendida.

– Não! – Seu rosto estava vermelho e inchado. Antes que a professora se descontrolasse por completo, Vilma apareceu.

– Senhorita Amanda Priscila Oliveira! – exasperou-se, enérgica.

– Ai – tapei meus ouvidos. – Você tem que parar com isso. Não sou surda.

– Siga-me! – Vilma ordenou, dessa vez sem gritar, porém fuzilando-me com os olhos. Obedeci.

Deixamos a sala com olhares curiosos que nos acompanhavam, e eu segui Vilma, confiante de que iríamos para a diretoria. Todavia, para meu pesar e surpresa, nós retornamos ao meu quarto. Lembrei-me de que ela tinha dito ao diretor Alexandre que tomaria conta de mim.

– Eu já tive alunos como você – ela contou, fitando-me como se eu fosse uma terrorista. – Impossíveis! Alunos que não respeitam ordens ou autoridades – continuou, estreitando os olhos.

– Não sei do que você está falando. Você disse que eu tinha cinco minutos para me arrumar. Não tenho culpa se apenas deu tempo de ir ao banheiro – expliquei com ar inocente.

– Silêncio! Agora, a senhorita vai entrar e se arrumar como uma aluna dessa escola. E eu estarei aqui esperando para supervisionar seus trajes. Você tem até a terceira aula para se trocar! Tempo mais do que suficiente! Entendido?

– Sim – resmunguei, cruzando os braços na frente do corpo.

– Sim, *senhora*! – corrigiu-me.

Sem escolha, obedeci. Tomei banho e me vesti com o horroroso uniforme azul marinho do colégio. Passei a tinta removível roxa no cabelo e a maquiagem forte que havia adotado após descobrir que mamãe me mandaria para aquele lugar. Procurei, em minha mala, um objeto em particular que havia trazido comigo.

Fazia parte de uma das minhas estratégias para ser expulsa e havia funcionado perfeitamente da última vez. Nenhum colégio de elite permitiria que uma aluna fumasse em suas dependências e, por mais que odiasse cigarro, fingir ser usuária era um sacrifício necessário para conseguir minha expulsão.

– Mais apropriado? – perguntei a Vilma com um sorriso forçado nos lábios. Ela assentiu e me escoltou até a sala de aula.

Dessa vez, quem estava à frente era um professor. Ele escrevia "Aula de inglês" na lousa, enquanto o restante dos alunos se sentava. Ao perceberem que eu me encontrava presente, os murmúrios recomeçaram. Tentei ignorar os olhares curiosos e me concentrar no que deveria fazer.

Verifiquei se Vilma havia saído antes de retirar do bolso o cigarro e o isqueiro que carregava comigo. O professor discorria sobre a matéria que veríamos ao longo do semestre e não percebeu de imediato o que eu fazia.

– Que cheiro é esse?

– Que fedor!

– Eu não acredito nisso!

– O que ela pensa que está fazendo?

– Essa garota não existe!

– Ela quer ser expulsa.

– Desse jeito, vai conseguir!

– O que é isso?! – esbravejou o professor com os nervos à flor da pele.

– Isso? – fiz-me de desentendida.

Forcei-me a tragar o cigarro e a disfarçar quão horrível era o gosto. Abri a boca, liberando a fumaça malcheirosa e despertando novas reclamações dos alunos.

Não foi preciso mais nada para que o professor se levantasse imediatamente de sua mesa e me puxasse pelo braço sala afora. Ele havia arrancado o cigarro e o isqueiro de minha mão, e me guiava em direção à diretoria. Meus batimentos estavam acelerados e quase tive um infarto quando viramos o corredor e encontramos a inspetora Vilma.

– O que está acontecendo, professor Gustavo? – perguntou. Seus olhos astutos detectaram o cigarro e o isqueiro na mão do professor.

– Essa aluna estava fumando em minha aula! – o professor contou, inconformado. – Eu vou levá-la para a diretoria!

– Pode deixá-la comigo – disse Vilma, fuzilando-me com o olhar.

– Mas...

– Eu disse ao diretor que me encarregaria dela. Essa aluna é um caso difícil, mas ela não lhe dará mais nenhum problema em sua aula – garantiu-lhe. Sua certeza me dava arrepios.

O professor, ainda perturbado com o que ocorria, assentiu e nos deixou. Minha felicidade com a perspectiva de ir embora do colégio se esvaiu. O objetivo de Vilma era fazer com que eu obedecesse às regras e não causasse problemas. Em outras palavras, seu objetivo era o contrário do meu. Se minha primeira impressão era que ela me daria trabalho, eu não tinha me preparado para o quão isso era verdade.

Ela me obrigou a voltar para o quarto e revirou toda a minha bagagem à procura de itens que, em suas palavras, "comprometiam a decência da escola". Ela não só encontrou outros cigarros, como também confiscou algumas peças intimas e algumas maquiagens usadas em meu novo visual. Tudo o que pude fazer foi cruzar os braços e assisti-la em sua missão de impedir que eu causasse novos escândalos.

– O que é isso? – perguntou, segurando minha lata de tinta removível laranja.

– Tinta de cabelo – respondi, cansada daquilo.

– Vou ter que confiscar isso. Nada me garante que a senhorita não vá fazer mau uso – disse, remexendo minhas coisas. Eu me recusei a lhe dar o gostinho do meu protesto.

– Acho que já deu, não é? – perguntei, mal humorada.

– Por hoje sim – ela exibiu algo próximo a um sorriso.

– Não vai ser você que vai me impedir de sair daqui – resmunguei. Ela piscou, analisando-me.

– Veremos – desafiou-me. – Se a senhorita quiser pedir a seus pais que a tirem deste colégio, eu darei total apoio, mas tentar ser expulsa causando confusão, só se for por cima do meu cadáver! – ergueu o dedo indicador. – O almoço será servido em breve. O período da tarde é para a prática de atividades extracurriculares. Você deve se inscrever em alguma atividade ainda nessa semana.

– Tentador – revirei os olhos.

– Pode praticar esgrima, equitação, inscrever-se no grupo de torcida, no time de futebol, basquete, vôlei ou se oferecer para ajudar alunos com dificuldades nas disciplinas – continuou, ignorando minha interrupção. – Espero não ter mais problemas com a senhorita – arqueou uma das sobrancelhas.

– A recíproca é verdadeira – murmurei, frustrada por tê-la arruinando meus planos.

Vilma fingiu não ouvir e me deixou sozinha. Seria preciso muito mais do que uma inspetora ranzinza e intrometida para me impedir de ser expulsa daquele lugar.

Durante o almoço, reparei que todos os alunos me observavam. Eu não havia me encaixado nos colégios anteriores, então não me incomodei com a sensação de que era um peixe fora d'água. Eu não fazia questão de ser aceita, porque meu objetivo era sair dali.

Terminado o almoço, coloquei meu traje de banho, inspirada pelo dia quente. Uma piscina não faria mal, pelo menos enquanto eu não decidia meu próximo passo. Surpreendi-me pela aglomeração de alunos dentro e ao redor da enorme piscina do colégio. Um assovio chamou minha atenção.

– Oi, gatinha – um garoto se aproximou.

Seu rosto era familiar e eu tentava me lembrar se estava em minha sala. Seus olhos eram verdes e os cabelos eram escuros. Ele era atraente, mas eu não estava à procura de romance.

– Você está falando comigo? – estranhei, ligeiramente tímida. Seu olhar desceu, percorrendo-me da cabeça aos pés, e concluí que devia ter vestido algo por cima do biquíni.

– É claro! – sorriu, tocando meu ombro. O contato me incomodou. – Achei demais o que você fez! Os professores ficaram loucos – divertiu-se.

– Eu só quero dar o fora daqui – dei de ombros, surpresa por ele aprovar meu comportamento.

– Tão cedo? – perguntou, parecendo desapontado. – Se está entediada, eu posso ajudar – propôs com um sorriso conquistador.

– Você está afim dela, cara?

Ricardo surgiu do nada e passou o braço ao redor do pescoço do garoto que conversava comigo. Sua aparição repentina me sobressaltou. Ele estava sem camisa e eu tive me controlar para não fitar seu abdômen definido.

– Ou é a sua caridade da semana? – desdenhou.

– Caridade é ele ter um amigo idiota como você – retruquei. As feições de Ricardo endureceram. – Ou eu ter que encontrar você todo dia – continuei. O amigo dele deu risada.

– Cala a boca, roqueira maluca! – gritou Ricardo. – Você não tem noção de nada!

– E você deveria arrumar algo melhor para fazer do que se intrometer na conversa dos outros! – rebati. Cansada dos seus insultos, saí em disparada para longe dele.

IV. O time de torcida

Eu estava furiosa. Meus planos tinham falhado e eu não suportava ter que permanecer naquele colégio por mais um dia sequer. Pior do que isso, eu ainda não sabia o que fazer, já que Vilma parecia estar sempre pronta para evitar que eu causasse problemas.

– Se ela quer tentar, você não tem nada a ver com isso! – uma voz familiar chamou minha atenção.

Olhei ao redor e confirmei que se tratava de Maíra. Ela e Paulina conversavam com Mariana à beira da piscina.

– A inscrição para o time de torcida é aberta a todos! – Maíra continuou, visivelmente nervosa.

– Tenha paciência! Eu já a vi dançando e, acredite, ela deveria me agradecer por poupá-la de fazer isso em público! – a mimada filha do diretor debochou. Paulina encolheu os ombros, envergonhada.

– Aposto que ela dança muito melhor que você! – intrometi-me antes mesmo de perceber o que fazia. Maíra e Paulina me observaram, boquiabertas.

– Sim, claro. E aposto que você também consegue, não é? – debochou, cruzando os braços. As amigas dela riram.

– Sem dúvida – sorri, confiante.

– Então, tenta! – desafiou-me.

– Não estou interessada.

– Sei – revirou os olhos.

– Mas é bom que você deixe a Paulina tentar, se é isso que ela quer – ordenei.

– Ou o quê? – Mariana arqueou uma das sobrancelhas.

– Ou você e suas amiguinhas vão se ver comigo – sorri.

– Que med...

Antes que ela terminasse a frase, eu a empurrei para trás e Mariana caiu na piscina com as sandálias de salto alto, os óculos de sol e a saída de banho. Seu semblante ultrajado foi melhor do que eu havia imaginado. Suas duas amigas se abaixaram para socorrê-la e eu aproveitei para empurrá-las. Os gritinhos e exclamações das três me fizeram rir.

– Uau! – sorriu Maíra, surpresa.

– Não precisava fazer isso – ponderou Paulina, observando a revolta das três meninas.

– É claro que precisava! – riu Maíra. – Mandou bem! – elogiou.

– Odeio injustiças. Só isso – expliquei. Eu não estava ali para fazer amigas. Meu objetivo era sair daquele lugar.

– O que você fez, sua roqueira maluca?! – Ricardo surgiu, agarrando meu braço com força.

– Isso é entre mim e sua namorada – tentei puxar meu braço de volta.

– Rick, olha o que ela fez comigo! Essa maluca! – Mariana esperneou, fazendo-me lembrar dos chiliques de mamãe.

– Eu não falei para você deixar ela em paz? – perguntou, furioso, apertando ainda mais meu braço.

– Me solta! – usei toda minha força para empurrá-lo na piscina, mas Ricardo não me soltou e acabei caindo com ele.

Ainda dentro da piscina, ele segurava meu braço com força. Tentei empurrá-lo, mas seu peitoral forte e escultural o tornava imune aos meus socos. A fim de me imobilizar, ele prendeu meus braços atrás do meu corpo. Tentei me mexer, mas não tive sucesso. A proximidade me deixava muito desconfortável. Seus olhos sedutores me fuzilavam.

– Eu não falei para você ficar fora do meu caminho?! – esbravejou.

– É você que fica aparecendo no meu! – rebati.

O barulho ao redor chamou nossa atenção. Os alunos que se encontravam nas proximidades da piscina empurravam-se, embalados pelas sucessivas quedas provocadas por mim. Eles se divertiam e logo a piscina estava cheia. Ricardo me soltou e se dedicou a ouvir as reclamações de sua namorada. Mariana estava vermelha de raiva e me apontava o indicador durante seu desabafo.

– O que está acontecendo aqui?! – um grito potente e familiar silenciou a todos. – São proibidas brincadeiras de empurrar na piscina! Quem começou isso?!

– Eu – respondi sem hesitar. Sai da piscina e caminhei até ela. Alguns murmúrios se seguiram, mas não compreendi o que diziam.

– Eu devia saber! Você é impossível! Não se cansa nunca?! – ela gritou, fazendo-me cobrir os ouvidos.

– Não sou surda – reclamei com uma careta.

– Para o seu quarto *agora*! – gritou mais alto do que nunca.

A inspetora me acompanhou de volta e me proibiu de voltar às dependências da piscina por uma semana. Por algum motivo, ela acreditava que eu obedeceria a suas ordens e eu a deixei manter sua doce ilusão. Se ela me proibisse de ir a cada lugar que eu arrumasse confusão, não teria para onde ir dentro de poucos dias.

– Nossa, seu cabelo é bonito! – Paulina elogiou, simpática.

– Obrigada – agradeci, terminando de me pentear após o banho. A tinta laranja removível tinha saído e o ruivo natural finalmente aparecia.

– Sem a maquiagem horripilante também fica bem melhor – disse Maíra, fazendo-me sorrir. – Por que você fez aquilo? – perguntou.

– Não suporto aquela garota – admiti. – E não suporto injustiças.

– Obrigada – agradeceu Paulina.

– Posso fazer uma pergunta? – indagou Maíra.

– Acabou de fazer – sorri.

– Por que você quer tanto ser expulsa? – perguntou. Eu suspirei.

– Odeio que decidam minha vida por mim – resumi.

– Sua mãe? – perguntou Paulina. Eu assenti.

– Mas parece que a inspetora vai me dar trabalho – resmunguei.

– Ela é uma pedra no meio do caminho – concordou Maíra.

– Eu briguei no meu primeiro dia aqui, perdi aula, fumei e causei uma confusão da piscina. O que mais eu preciso fazer para ser expulsa desse colégio?

– A gente vai tentar pensar em alguma coisa – confortou-me Maíra.

– Obrigada – agradeci, surpresa por elas serem tão legais e solidárias. Depois de algum tempo, elas continuaram a puxar conversa comigo.

– Você viu a cara da Mariana? Ela ficou furiosa! – riu Maíra.

– O Ricardo também – lembrou Paulina.

– Eles estão juntos há muito tempo? – perguntei, vindo-me à memória um segredo que guardaria só para mim: na noite anterior, eu tinha visto Ricardo com outra garota.

– Não. Foi no segundo semestre do ano passado. Acho que faz uns seis meses – respondeu Maíra. – Foi logo depois que os pais dele se divorciaram.

– Eles eram amigos, e ela deu muita força a ele – explicou Paulina.

– Ele ficou muito mal? – perguntei, embora soubesse que não era da minha conta.

– Muito – falou Paulina. – Ele começou a beber.

– Bastante – completou Maíra.

– O diretor chamou o pai dele algumas vezes por causa disso – lembrou Paulina.

– É, mas o empresário Lucas Miliano sempre compra tudo e todos – censurou Maíra.

– Como assim?

– O Ricardo já aprontou muito, mas o pai dele sempre arruma um jeito de ele não ser expulso. É o poder do dinheiro – balançou a cabeça. – O pai dele faz várias doações para o colégio e o Ricardo se livra de tudo.

– É, mas ele parou de beber daquele jeito depois que começou a namorar a Mariana – lembrou Paulina.

– Entendo – murmurei. – E antes disso? Ele namorava alguém? – continuei a perguntar, torcendo para que elas não interpretassem minha curiosidade de forma errada.

– Metade das garotas do colégio – brincou Maíra.

– Ele é muito bonito – disse Paulina, enrubescendo.

– E um babaca – deixei escapar.

Depois disso, decidi mudar o rumo da conversa e perguntei um pouco mais sobre o grupo de torcida do qual Paulina desejava fazer parte. Descobri que Mariana estava nesse grupo desde o primeiro ano, o que me deixava sem entender por que Paulina se colocaria em uma situação na qual teria que aturar as frescuras e chiliques daquela garota.

– Talvez ela tenha razão. Eu não danço tão bem – admitiu Paulina, insegura.

– Se é isso que você quer fazer, então você tem que tentar! – falou Maíra.

– E você, não quer? – perguntei a Maíra.

– Mais fácil ela entrar para o time de futebol! – brincou Paulina.

– Fato! – riu Maíra. – Vou escolher o time de futebol feminino como atividade extracurricular. Ano passado fiz handball, mas não gostei. E você? – perguntou a mim. Dei de ombros. – É obrigatória a prática de alguma atividade à tarde – insistiu.

– Não pretendo ficar aqui por muito tempo – falei, indiferente.

– A seleção de torcedoras é na sexta. Eu preciso treinar bastante até lá – determinou Paulina, mais confiante. – Vocês me ajudam?

– Claro – assentiu Maíra prontamente. – Mas eu não sei nada de dança – ressaltou. – O que eu posso fazer é ver sua coreografia e tentar dar alguma sugestão.

– Ótimo! – Paulina exclamou, animada. – E você? – perguntou a mim. Pensei antes de responder.

– Claro – concordei, sem estar tão certa disso.

Fazer amizades e ajudar uma amiga não estava em meus planos, mas eu não era tão fria a ponto de dizer não a uma pessoa legal como Paulina. Eu não havia me esquecido que elas tinham tentado me ajudar antes mesmo de me conhecer e, embora elas tivessem arruinado minha oportunidade inicial de ser expulsa, reconhecia que a intenção havia sido a melhor possível.

A partir daí, comecei a fazer as refeições na mesa delas. No dia seguinte, após o almoço, Maíra, Paulina e eu nos reunimos em uma das quadras de esportes que não estava sendo usada para que Paulina nos mostrasse sua coreografia. Ela era boa, porém eu receava que não fosse o suficiente para ser aceita no grupo de torcedoras.

– Está legal – sorri, não querendo desanimá-la. – Mas dá para melhorar. Talvez eu possa ajudar – sugeri, surpreendendo a mim mesma.

– Você? – Maíra estranhou.

– Obrigada pela parte que me toca – resmunguei. Elas riram.

– Você sabe dançar? – perguntou Paulina.

– Minha mãe me colocou no balé, quando eu tinha nove anos, no jazz, quando completei dez, e no *street dance,* quando fiz doze – comentei casualmente.

– Caramba! – assoviou Maíra.

– Eu parei com tudo aos treze – contei. – Mas lembro bastante coisa.

– Então me ensina! – animou-se Paulina.

Ajudá-la acabou desviando minha atenção de meus planos para ser expulsa. Eu queria que ela se saísse bem e entrasse no grupo. E eu também ansiava pela expressão de Mariana quando visse o desempenho dela, pois a cada dia a coreografia de Paulina ficava melhor.

Nosso ensaio chamou a atenção de outras meninas que também desejavam entrar para o grupo de torcida e, a principio, resisti em ajudá-las, mas acabei cedendo diante da insistência delas.

Dançar, por mais que tivesse sido algo imposto a mim por mamãe, deixava-me feliz e me fazia entrar em uma realidade na qual eu não tinha preocupações ou problemas.

Na quinta-feira, nós tivemos uma visita indesejada em nosso ensaio. Mariana, Ricardo e seu grupo de amigos apareceram para nos espiar. Eu os ignorei, procurando me concentrar nas batidas envolventes da música, e continuei a repassar alguns dos passos que havia ensinado nos últimos dias.

– Patético! – exclamou Mariana, fazendo com que eu me desconcentrasse.

– Dêem o fora daqui! – gritei, agressiva. A seleção do time de torcida seria no dia seguinte e não havia tempo a perder.

– O lugar é público – disse Ricardo, exibindo seu belo sorriso provocador.

– Você acha mesmo que vai entrar no grupo? – ela continuou em sua prepotência usual.

– Sim. E é melhor levar um guardanapo para limpar a saliva depois que eu deixar você de queixo caído – minha boca respondeu antes que minha mente raciocinasse. Eu não pretendia competir.

– Veremos – ela sorriu, aceitando o desafio.

Continuei o ensaio tão logo eles saíram, tentando não me abalar com a interrupção.

– Você vai participar? – estranhou Maíra.

– Agora acho que sim – dei de ombros.

– Que bom! – comemorou Paulina, abraçando-me.

O colégio não era tão ruim quanto eu havia pensado. Maíra e Paulina eram muito legais e eu não me lembrava de ter amigas antes, até porque eu havia sido expulsa de meus três últimos colégios e mamãe decidiu finalizar o conteúdo de cada ano através de um professor particular.

Apesar disso, eu sabia que era apenas uma questão de tempo até que eu retomasse o foco em ser expulsa. Minhas tentativas tinham sido frustradas, mas eu era determinada e irritar minha mãe era algo que eu queria mais do que qualquer outra coisa.

Era inaceitável que ela decidisse sobre minha vida sem considerar minha opinião, que ela estivesse feliz enquanto eu não estava. E era inaceitável que eu não fizesse algo a respeito.

V. Um espinho incômodo

A sexta-feira chegou e faltava pouco mais de uma hora para a seleção do time de torcida, que ocorreria em uma das quadras às três e meia da tarde. Durante a manhã, o assunto não foi outro. A maioria das alunas estava ansiosa e Paulina era uma delas.

Eu sabia que ela estava preparada e que era quase impossível ela não entrar na equipe, mas minha amiga não estava tão certa disso. Quanto a mim, Mariana havia me desafiado, duvidando que eu conseguiria ser aprovada, e eu estava mais do que disposta a lhe mostrar o que eu era capaz de fazer.

Após o almoço, Paulina, Maíra e eu aproveitamos para tirar um cochilo e, então, seguimos em direção à quadra meia hora antes, pois a ansiedade de Paulina estava me irritando. Maíra se divertia com Paulina e com meu humor cada vez mais rabugento.

– Boa sorte, gatinha! – desejou o amigo de Ricardo, o mesmo que havia me abordado na piscina, e que eu já conhecia pelo nome de Paulo.

Depois que deixei de pintar o cabelo de laranja e parei de usar a maquiagem pesada, alguns garotos começaram a demonstrar interesse por mim. Ao contrário do que eu imaginava, ser conhecida como a garota rebelde que queria ser expulsa era atraente. Porém, namorar estava longe da minha lista de prioridades. Eu não confiava em homens após meu último relacionamento.

– Não precisamos de sorte. Temos talento! – retruquei. Paulina e Maíra riram.

– Bastante confiante, não? – perguntou Ricardo. Ele parecia sempre estar por perto para me provocar.

– Apenas realista – corrigi. Ele riu. Seu sorriso charmoso quase o deixava menos insuportável.

– Vamos, Amanda! – apressou-me Paulina.

– Sim – concordei. – Temos que nos alongar – lembrei.

– O diretor me pediu para chamá-la – disse Ricardo, colocando-se em meu caminho.

– O diretor? – estranhei. – O que ele quer? – eu quis saber. Ele deu de ombros. – E por que ele iria mandar *você* vir me chamar, e não a chata da Vilma? – cruzei os braços, desconfiada.

– Eu era o representante de sala do ano passado e me candidatarei para a reeleição esse ano. Uma de minhas funções é ajudar o diretor quando a inspetora está ocupada – explicou, orgulhoso de si mesmo.

– Mas agora é a apresentação! – protestou Paulina. – Está quase na hora!

– Depois você fala com ele – sugeriu Maíra.

– Parece que é importante – insistiu Ricardo. – Sua mãe está aqui e quer falar com você.

– Minha mãe? – estranhei. Ele assentiu. Seu semblante sério me preocupou. – Tudo bem – concordei. – Paulina, vai se alongando que vou ver o que é e vou correndo para lá!

– Acelera aí! – pediu Maíra, olhando em seu relógio.

As duas saíram e Ricardo seguiu na frente. A sensação de que algo estava errado me incomodava, mas decidi segui-lo. Estranhei quando o caminho que tomamos era o contrário ao da diretoria. Era plausível que, se o diretor o havia mandado me chamar e minha mãe estivesse no colégio, eles estariam no escritório de Alexandre.

– Onde ela está? – perguntei, desconfiada.

– No seu quarto – falou, e eu fui tomada pela esperança de que ela tivesse mudado de ideia e que, naquele mesmo instante, voltaríamos para casa.

Reparei que Ricardo entrou no corredor dos dormitórios femininos, embora eu soubesse que a presença de homens naquele lugar era proibida. Ele abriu a porta do meu quarto e deu passagem para mim.

Olhei ao redor, e não vi nada. Virei-me para perguntar o que estava acontecendo, mas a porta atrás de mim já estava fechada. Ele havia se trancado do lado de dentro comigo. Percebi, tarde demais, que havia caído em uma armadilha.

– O que você acha que está fazendo? – perguntei, avançando para pegar a chave de sua mão. Ele a colocou no bolso da calça.

– Ensinando que você deve ter cuidado, antes de mexer com as pessoas erradas – respondeu, visivelmente satisfeito com tudo aquilo.

– Me dá isso, seu idiota! – gritei, pulando em cima dele e derrubando-o no chão.

Nossas mãos se encontravam com forças opostas. As minhas, tentando recuperar a chave do quarto e, as dele, tentando me imobilizar. Ele era muito mais forte que eu e, depois de algum tempo, percebi que aquilo não levaria a nada. Frustrada, passei a socá-lo no braço e estômago. Ele gemeu de dor, e fiquei um pouco menos irritada.

Ricardo reagiu e conseguiu me prender no chão. Segurou meus punhos acima da minha cabeça com uma das mãos, e usou a mão livre para tirar uma fita adesiva do outro bolso. Ele arrancou um pedaço grande com a boca e amarrou meus punhos. Eu gritei, mas ele alertou que, se eu não me calasse, taparia minha boca.

– Não – falei, mais calma. – Eu não consigo respirar só pelo nariz – expliquei.

– Tudo bem – concordou, levantando-me pela cintura e me posicionando sentada na cama. – Viu, não é tão ruim assim – zombou, rindo.

– Isso é sequestro! – acusei-o.

– Não estou tirando você do seu quarto, nem estou pedindo dinheiro. Não parece um sequestro – continuou, feliz como uma criança em dia de natal.

– Me solta! – ordenei.

– Não.

– Agora! – rangi os dentes para não gritar. Eu não queria que ele colocasse aquela fita na minha boca.

– Mais alguns minutos, e você estará livre – disse, olhando no relógio.

– Eu odeio você!

– A recíproca é verdadeira – sentou-se ao meu lado.

– Por que você está fazendo isso? – perguntei, tentando me manter calma. Ele não respondeu. – Será que sua namorada tem tanto medo assim que eu entre no time de torcida? – provoquei.

– Ela só não quer correr o risco de ter que suportar você mais tempo do que o necessário – falou com seu típico ar superior.

– Ela é uma *covarde* – falei, desejando arrancar um tufo daquela cabeleira loira.

– Deixa ela em paz! – Ricardo apontou o dedo em uma ameaça.

– E uma estúpida! – continuei. – Não percebeu que a última coisa que eu quero é ficar nesse colégio, e que eu só ia fazer o teste para provar que consigo entrar no time.

– Você que é a estúpida por não querer estudar no melhor colégio do país – balançou a cabeça em desaprovação.

Era inútil discutir com ele. Eu não conseguiria convencê-lo de quão errado era o que ele estava fazendo. Permaneci em silêncio, alimentando um sentimento de vingança contra ele e sua namorada. Os minutos passavam rapidamente, e logo tudo estaria acabado. Eu precisava agir.

– Meus pulsos estão doendo – reclamei, esboçando uma expressão de dor e arquitetando um plano de fuga.

– Não vai demorar muito – olhou no relógio.

– Está doendo muito – gemi, lembrando-me da atuação de mamãe. – Está apertado demais. Acho que está bloqueando o sangue.

– Tudo bem – cedeu. – Eu vou cortar a fita, mas você não vai tentar nada, certo?

– Certo – sorri por dentro.

Ricardo libertou meus pulsos e me observou, atento, certificando-se de que eu não tentaria nada. Aguardei até que ele baixasse a guarda com minha pose de boa menina, e ele acreditou. Havia três chaves da porta. A minha, eu costumava deixar na fechadura e estava com Ricardo, mas lembrei que Paulina e Maíra deixavam as delas nas cômodas ao lado das camas.

Um segundo de descuido de Ricardo foi suficiente para que eu corresse em direção à cômoda de Paulina, que era a mais próxima da porta. Consegui encontrar a chave, mas meu plano não seguiu adiante porque Ricardo me alcançou e me derrubou no chão mais uma vez.

– Espertinha – resmungou. – Muito espertinha.

– Isso não vai ficar assim. Vocês vão me pagar! – prometi.

Mordi o lábio inferior e esperei que ele me soltasse. Seu olhar desceu para meus lábios, deixando-me mais desconfortável. Involuntariamente, meus olhos desceram até sua boca desenhada e de aparência macia. O perfume dele se mesclava ao odor natural de sua pele, resultando em uma mistura deliciosa.

O celular de Ricardo começou a tocar. A expressão dele revelou que era Mariana, provavelmente para avisar que as apresentações tinham terminado. Ele me observou antes de se levantar. Não havia remorso em seus olhos.

– Não foi tão ruim assim, foi? – brincou, caminhando em direção à porta. Tirou a chave do bolso e girou na fechadura. Ele se voltou para mim, sem saber do que eu era capaz.

– Quem ri por último, ri melhor – eu disse antes de lhe dar uma joelhada em sua parte mais sensível do corpo.

Ele se contorceu e gemeu de dor. Eu o empurrei com força e ele caiu no chão do lado de fora do quarto. Ricardo e Mariana tinham cruzado meu caminho e era uma questão de tempo até eu encontrar a melhor forma de retribuí-los como mereciam. Ele teve que sair rápido para que não fosse descoberto no corredor feminino, e mal teve tempo de me lançar um olhar furioso.

Alguns minutos depois, Paulina e Maíra chegaram. Eu tentei me preparar para a reação delas ao me encontrar. Ainda que eu não fizesse questão de entrar no time de torcida, ter sido impedida de tentar me enervava.

– Onde você estava?! – exclamou Maíra.

– Por que não foi na seleção? – lamentou Paulina.

Expliquei a elas o que havia acontecido e suas feições se transformaram, refletindo a revolta com o que Mariana e Ricardo tinham feito. Eu tentei esconder o quanto estava chateada. Não era como se eu pretendesse permanecer no colégio, mas eu tinha estado tão engajada em ajudar Paulina e as outras meninas nos últimos dias, que era frustrante ter perdido algo que havia ansiado.

– Não acredito que eles fizeram isso! – protestou Maíra, inconformada.

– Eu sinto muito – disse Paulina.

– Eles vão pagar – confortei-me com aquela promessa. – E como foi? Conseguiu? – lembrei de perguntar. Ela sorriu como uma criança.

– Sim! – comemorou, abraçando-me. – Entrei para o grupo de torcida! – deu pulinhos.

– Parabéns! – elogiei.

– Obrigada! – agradeceu, muito feliz.

– Não foi nada.

– Se não fosse você, eu não teria conseguido! – continuou.

– E as outras meninas? – perguntei.

– Todas entraram! Elas perguntaram por você. Pediram para eu agradecer.

– Que legal! Fico feliz que todas tenham conseguido. Queria muito ter visto – lamentei.

– Isso não pode ficar assim – murmurou Maíra, quase tão inconformada quanto eu.

– Não vai – assegurei-lhe.

– O que você vai fazer? – perguntou Paulina, preocupada.

– Ainda não sei – falei. – Mas vou pensar em algo.

As garotas voltaram para suas casas no final da tarde e eu, obrigada a permanecer no colégio devido a minha briga com Mariana, tive que aguentar as provocações da filha do diretor durante o final de semana. Éramos apenas nós duas e a inspetora Vilma, pois o diretor avisou a filha que passaria o final de semana na casa dos pais.

– Achei que você quisesse entrar para o time – provocou Mariana.

– Eu teria, se você e seu namorado idiota não tivessem me impedido de competir – rebati.

– Não sei do que está falando – disfarçou.

– É claro que não sabe – forcei um sorriso.

Mamãe me ligou algumas vezes, mas não a atendi. O diretor havia ligado para ela, após a briga com Mariana, avisando sobre a punição. Conhecendo-me a tantos anos, ela não se surpreendeu. Recebi algumas mensagens no sábado, mas não respondi nenhuma.

"Querida, por favor, se comporte. Saudades".

"Podemos almoçar no seu restaurante preferido sábado que vem, o que acha?".

"Esqueci que tenho uma entrevista sábado que vem, mas podemos ir domingo".

Considerei escapar do colégio, mas aquela parte da cidade era bastante afastada, e eu não sabia se havia algo a se fazer por ali. O final de semana passou lentamente, mas tive tempo para pensar em como dar o troco a Ricardo e Mariana.

Quando Paulina e Maíra voltaram no domingo à noite, eu já tinha arquitetado um plano que me faria matar dois passarinhos com uma só pedra: eu me vingaria de Ricardo e Mariana, e conseguiria minha expulsão. Precisava da ajuda delas para que tudo desse certo.

– Você vai entrar no quarto dele?! – espantou-se Paulina.

– Sim – assenti, achando graça de sua reação.

– Mas é proibido – balançou a cabeça. Eu lhe lancei um olhar do tipo "Esse é o ponto!".

– E nós chamamos a Mariana e dizemos que vimos uma menina entrar no quarto do Ricardo? – perguntou Maíra.

– E o diretor! – acrescentei.

– E como a gente vai saber que horas entrar no quarto? – perguntou Maíra.

– Eu estarei com meu celular. Quando vocês estiverem se aproximando, vocês me ligam, e eu estarei pronta – expliquei, confiante.

Então, lembrei-me de alguns detalhes. – Vocês não podem demorar muito. O ideal é que as duas cheguem ao mesmo tempo.

– E você vai *beijar* ele? – perguntou Paulina, deixando escapar um risinho.

– Estou disposta a esse sacrifício – revirei os olhos, fazendo pouco caso.

– A Mariana vai ficar louca – disse Paulina, receosa.

– Não fui eu quem começou essa guerra. Ela vai aprender a não se meter comigo – defendi-me.

– Isso é loucura – riu Maíra.

– E é por isso mesmo que vai dar certo! – sorri, otimista. – Vocês vão me ajudar ou não? – pressionei-as.

Elas assentiram, apesar de não estarem seguras de que meu plano daria certo. Esperei alguns dias para encontrar o momento perfeito. Naquela semana, tive o melhor comportamento possível, a fim de que Vilma parasse de manter uma vigilância acirrada sobre mim.

Compareci às aulas pontualmente, obedeci aos professores, fiz as lições de casa e até escolhi uma atividade extracurricular para praticar durante as tardes. Consultei o bloco de regras que havia recebido da secretária Júlia, no qual constavam todas as possibilidades, e decidi participar do time de futebol feminino, com ensaios às segundas e quartas.

– Que legal que você decidiu entrar no time! – disse Maíra, animada. Ela também escolhera essa atividade.

– Foi a melhor das opções – suspirei.

– Concordo! – disse.

– Mas eu joguei futebol poucas vezes – ponderei. – Não sou muito boa.

– Nada que os treinos não resolvam – tentou me animar.

Algumas vezes, Maíra e Paulina esqueciam que minha estadia no colégio seria curta. Meu objetivo de ser expulsa não tinha mudado, embora sua consecução fosse mais árdua do que eu cogitara.

VI. O beijo

Precisei de duas semanas para estudar a rotina de Ricardo, pois os treinos consumiam duas de minhas tardes. Reparei que ele fazia parte do time de futebol masculino, no mesmo horário que o meu treino, enquanto seus dois colegas de quarto, Paulo e Rodolfo, tinham optado por se inscrever nas aulas de esgrima. Como as aulas deles ocorriam em horários diferentes, eu só teria que esperar pelo momento em que Ricardo estivesse sozinho em seu quarto.

O diretor informou mamãe sobre meu bom comportamento, e ela se deixou iludir com uma mudança verdadeira. Ela claramente não me conhecia, pois, se conhecesse, veria em meus olhos e respostas vazias que eu nutria uma mágoa profunda por ela ter me matriculado naquele colégio contra minha vontade.

Eu estava ansiosa quando finalmente chegou o momento da minha vingança. Os treinos do time de torcida ocorriam nas quartas e quintas, e terça à tarde foi o período escolhido para que Paulina pudesse ajudar.

Ela e Maíra estavam nervosas, mas eu lhes lembrava que a culpa recairia somente sobre mim, e que o pior que poderia acontecer, a minha expulsão, era justamente o que eu desejava.

– Você tem certeza que é isso que quer? – perguntou Paulina, chateada com minha fixação em ser expulsa.

– Vir para cá não foi uma escolha minha – respondi, incomodada ao perceber que ela e Maíra se tornavam cada vez mais próximas a mim.

– Mas e daí? Não é tão ruim – disse Maíra, também descontente.

– Eu não suporto que ela decida a minha vida sem me consultar – balancei a cabeça. – Ela precisa entender que eu não sou mais uma criança e que a minha opinião importa.

Maíra e Paulina não responderam. Instruídas por mim sobre como deveriam proceder, elas seguiram cada qual para sua tarefa, enquanto eu me dirigia ao quarto de Ricardo.

Tomei cuidado para não encontrar Vilma pelo caminho, pois a ala masculina era proibida às alunas e, se ela me visse naquele corredor, o plano estaria arruinado antes mesmo de começar.

Em frente à porta do quarto do namorado de Mariana, eu respirei fundo, sentindo meu coração acelerar. "Você já passou por coisas piores", lembrei a mim mesma. E era verdade. Eu já tinha aprontado muito, mas, por alguma razão, sentia-me especialmente nervosa com o que estava prestes a fazer.

Girei a maçaneta do quarto e fiquei aliviada ao constatar que estava aberta. Se eu tivesse que esperar que ele a abrisse, estaria sujeita ao risco de que Ricardo tentasse impedir minha entrada.

Olhei ao redor, e estranhei não encontrá-lo. Eu o tinha visto entrar sozinho no quarto, e ele deveria estar ali. O som de passos me fez olhar para a porta do banheiro. O olhar de Ricardo encontrou o meu e eu engasguei ao vê-lo com apenas uma toalha de banho amarrada na cintura.

– O que você está fazendo aqui?! – exasperou-se, agressivo.

– Preciso falar com você – respondi, tentando agir com naturalidade.

– Você sabe que não é permitido mulher aqui, não é? – perguntou, aproximando-se.

– É rápido – expliquei, tentando ignorar o cheiro delicioso de seu perfume e lutando para não encarar seu abdômen definido.

– Então, fala – apressou-me, desconfiado.

– Oi? – distraí-me com as curvas de seu peitoral.

– Você disse que queria falar comigo – repetiu, impaciente. – Fala.

– Ah, é – sorri.

Eu precisava ganhar tempo até que meu celular vibrasse, avisando-me da aproximação de Mariana e do diretor. Eu havia instruído Maíra e Paulina para que tentassem trazê-los quase ao mesmo tempo, a fim de que os dois me vissem dentro do quarto de Ricardo.

– Acho que começamos com o pé esquerdo – falei, tentando pensar em um discurso razoavelmente convincente.

– Você *acha*? – perguntou, sarcástico.

Nós não tínhamos conversado desde que ele me prendeu em meu quarto e eu o havia atacado na parte mais sensível de seu corpo, exceto quando ele me provocava, zombando do meu desempenho nos treinos de futebol. As quadras em que treinávamos ficavam lado a lado e, ao final dos treinos, ele costumava fazer algum comentário idiota.

– Mas não precisa ser assim – dei um passo adiante, diminuindo a distância entre nós. Eu precisava estar pronta para quando meu celular desse o sinal.

– Você tem que sair daqui – ele agarrou meu braço e me puxou em direção a porta.

– Ai! – protestei, fazendo força na direção contrária. – Espera! Tudo bem. Eu falo a verdade! – Torcia para que minhas amigas se apressassem. Ele parou a alguns metros da porta, esperando. – Estou apaixonada por você! – falei a primeira coisa que me veio à mente.

– O quê? – estranhou, afrouxando a mão que segurava meu braço. Seu semblante espantado me desconcertou.

– É, eu também não acreditei! – tentei me lembrar da atuação de minha mãe em seus filmes. – No começo, eu tentei negar para mim mesma, tentei lutar contra isso, mas olha só você! – fitei-o dos pés à cabeça com a melhor expressão de deslumbramento que consegui esboçar. Ricardo me ouvia em silêncio, confuso e sem reação. Meu coração saltou com a vibração do meu celular. Eu tinha que ser rápida. – Você é demais.

Estiquei uma mão e o envolvi pelo pescoço, puxando-o com força para perto de mim. Ricardo não impôs qualquer resistência, o que não devia me surpreender, pois ele era um traidor.

Um traidor com lábios doces e macios, e com uma língua morna e ágil explorando minha boca. Um traidor com um cheiro delicioso e com mãos fortes agarrando minha cintura. Um traidor que beijava incrivelmente bem e que me fez esquecer, por alguns segundos, por que eu estava ali.

– Ricaaaaaardo! – soou a estridente voz de Mariana.

Ele me empurrou e eu dei alguns passos para trás, tentando me equilibrar. Confesso que fiquei atordoada. Olhei para a porta do quarto, aberta, e identifiquei Mariana em choque ao lado de Paulina. Segundos depois, apareceram o diretor e Maíra.

– Filha! O que você está fazendo aqui? – ele perguntou, passando o olhar de sua filha para Paulina e, então, para mim e Ricardo.

– O que *eu* estou fazendo aqui? Paulina me disse que *ela* estava aqui! – Mariana gritou, fora de si, apontando para mim. – O que é que *ela* está fazendo aqui?! Eles estavam se beijando! – choramingou, descontrolada.

– O que você está fazendo aqui? – perguntou Alexandre a mim, atordoado.

– O que o senhor acha? Namorando – sorri, aproveitando ao máximo meu momento de vingança. Paulina parecia tensa, mas Maíra se controlava para não rir.

– Mari, não é nada disso que você está pensando – Ricardo tentou se explicar.

– É bom que você tenha uma ótima explicação! – ela gritou, explodindo de raiva.

– E tenho – ele tentou se aproximar da namorada, mas o diretor Alexandre entrou na frente de sua filha.

– E poderá dá-la *depois*. Agora, vocês dois venham comigo para a diretoria – ordenou, aborrecido.

– Mas...

– Agora! – exaltou-se, enérgico.

Eu nunca tinha visto o diretor tão irritado, o que só podia significar que meu plano tinha saído conforme eu esperava. Mariana estava furiosa e eu seria expulsa. Mamãe perceberia que eu não era mais uma criança e que ela não podia me forçar a fazer o que lhe fosse conveniente.

Lembrei-me de Maíra e Paulina. Eu sentiria falta delas, mas estava imensamente agradecida por terem me ajudado. Elas tinham deixado claro que não queriam que eu saísse do colégio, porém, ainda assim, aceitaram seguir minhas instruções. Sem a ajuda delas, eu não teria conseguido.

– Você me paga! – murmurou Ricardo.

O diretor não percebeu, pois falava ao telefone, convocando minha mãe para uma reunião. Ele havia ligado para o pai de Ricardo minutos atrás.

– Errado. É você quem está pagando por ter me trancado no quarto! – retruquei, satisfeita.

Tivemos que esperar por mais de uma hora até que minha mãe e o pai de Ricardo viessem. Eles chegaram quase ao mesmo tempo. Mamãe tinha feições preocupadas, como se eu tivesse sido atropelada.

Já o pai de Ricardo, o senhor Lucas Miliano, parecia aborrecido por ter que estar ali. Eu nunca o tinha visto antes, e o observei com curiosidade. Eu reconhecia os traços do maxilar do filho, o porte elegante e os ombros largos.

– O que foi que ela fez? – mamãe soltou seu longo suspiro de atriz, largando-se em uma das poltronas da sala do diretor.

– Eu espero que seja importante. O senhor sabe que sou um homem muito ocupado – disse o pai de Ricardo.

Ele era alto, charmoso e prepotente como o filho. Alguns fios grisalhos o faziam aparentar pouco mais de quarenta anos. Ele olhava constantemente no relógio e não disfarçava que se considerava um homem importante demais para perder tempo com aquela reunião.

O diretor explicou o que havia ocorrido, interrompido, algumas vezes, por mamãe, que emitia gemidos chocados e exclamações monossílabas de descrença. Ela evitava meu olhar, talvez porque soubesse que eu havia feito tudo de propósito.

– Sinto muito, Alexandre. Nem sei o que dizer – ela se desculpou, muito dramática.

– A senhora é a atriz Patrícia Oliveira, certo? – o pai de Ricardo dirigiu-se a minha mãe.

– Sim – ela respondeu, analisando-o dos pés a cabeça. Irritou-me seu olhar de aprovação.

– Sou um grande fã do seu último filme – ele confessou, galanteador. Meu estômago embrulhou.

– Oh! Eu também! – ela abriu um sorriso de orelha a orelha.

– Senhores! – o diretor chamou a atenção para o foco da conversa.

– Tenha paciência, Alexandre! Os dois deram um beijo! Isso não tem nada de mais! – aborreceu-se o empresário.

– Com todo o respeito, senhor Miliano, os filhos de vocês tiveram um comportamento inaceitável neste colégio. Eles desobedeceram a uma de nossas regras e, se escapam de punições agora, continuarão agindo como se pudessem fazer tudo o que desejam. Vocês não querem filhos inconsequentes, certo?

– Claro que não! – mamãe se apressou a dizer, aflita.

– Está certo – concordou Lucas, fazendo-me achar que tentava impressionar mamãe. – E o que o senhor sugere? – perguntou, impaciente.

Meu coração acelerou, ansiando desesperadamente pelas próximas palavras do diretor. Eu esperava que entrar em uma área proibida, o dormitório masculino, e beijar um dos alunos fosse mais do que suficiente para ser expulsa. No entanto, a misericórdia e a serenidade em seus olhos me preparavam para uma péssima noticia.

– Dois finais de semana no colégio – o diretor respondeu.

– Não! – reclamou Ricardo, furioso. – Eu não fiz nada! Foi ela quem entrou no meu quarto! – defendeu-se, indignado com a punição.

– Ah sim, claro – zombei, sentindo-me tão aborrecida quanto ele, contudo, por motivos distintos. – Foi você quem me chamou lá! – menti.

– Mentirosa! – acusou-me. – Pai – apelou, esperando que o empresário fizesse o diretor mudar de ideia.

– Estou cansado de consertar seus erros, Ricardo. Você quebrou, você conserta – disse, frio como gelo. – Está mais do que na hora de assumir a responsabilidade por seus atos – lançou-lhe um olhar de desprezo que me fez, por um instante, sentir pena de Ricardo.

Depois de seu veredicto, Alexandre nos dispensou, pedindo apenas que mamãe permanecesse por mais alguns minutos. Ela me pediu que esperasse do lado de fora da sala, porque queria falar comigo.

O pai de Ricardo se despediu educadamente de mamãe e voltou o mais rápido possível para seus compromissos. Eu fiquei curiosa com o que o Alexandre falaria em particular com mamãe. Esperei no sofá até que ela apareceu.

– Por que você faz essas coisas, filha? – perguntou com a voz cansada.

– Você me colocou nesse colégio contra a minha vontade e eu não vou ficar aqui! – falei, decidida.

– Custa tentar? – perguntou, suspirando à procura de paciência.

– Custa! – retruquei, furiosa. – Custa porque vir para cá não foi uma escolha minha! *Você* decidiu por mim, como sempre fez e sempre faz! Independente do que eu pense ou queira! – explodi.

– É o melhor colégio do país – defendeu-se, ressentida.

– Não é essa a questão! Você não entende – desisti.

– Amanda, por favor...

– Eu preciso ir – despedi-me, caminhando em direção à porta. Ela não me impediu.

Limpei uma lágrima, sentindo meu coração pesado e dolorido. Parei embaixo das escadas, respirando fundo, enquanto me acalmava. Nada havia saído como eu queria, mas voltar para Maíra e Paulina não parecia tão ruim.

– Você está satisfeita? – perguntou Ricardo, aparecendo repentinamente, e me imobilizando contra a parede.

– O suficiente – respondi, recompondo-me do meu estado deprimido e vestindo minha armadura indestrutível.

– Você sabe que vai pagar por isso – exibiu um sorriso ameaçador.

– É melhor você parar – alertei-o.

Ele me analisou por algum tempo, vendo, em meus olhos, que eu falava a verdade. Tentei empurrá-lo, porém ele reagiu, agarrando-me pela cintura e me puxando para perto. Prendi a respiração enquanto fitava seus lábios. O beijo que havíamos dado me veio à mente, e eu me senti profundamente desconfortável.

– Então, vamos ver quem desiste primeiro – propôs. Seus olhos desceram em direção a minha boca e ele sorriu. – Só não vale me beijar de novo.

– Cala a boca! – empurrei-o, sentindo as maçãs do meu rosto queimarem. – O que eu fiz foi um...*sacrifício*!

Pisei com força em seu pé, e ele se afastou. Ricardo gemeu de dor, e eu lancei meu olhar de desprezo antes de deixá-lo sozinho. Retornei para meu quarto e encontrei Maíra e Paulina, ansiosas por saber o que havia ocorrido.

Como havia previsto, elas se alegraram com a noticia de minha permanência no colégio, fazendo com que eu me sentisse péssima por lamentar o fracasso do meu plano.

– E o beijo? – perguntou Paulina.

– Foi normal – respondi, indiferente.

– Aquilo não pareceu um beijo normal – riu Paulina e eu me limitei a revirar os olhos.

– Nunca vi a Mariana tão furiosa – comentou Maíra.

– Ela teve o que mereceu – falei.

– E agora? – quis saber Paulina.

– Acho que eles vão revidar – opinou Maíra.

– Tenho certeza que vão – eu disse. – Eu vejo as coisas como um empate. Se eles quiserem continuar, eu continuo. Se não, não – determinei.

Apesar disso, eu sabia que Mariana e Ricardo não desistiriam facilmente. Ao final do dia, eles estavam juntos como se nada tivesse acontecido. Deduzi que ela tinha aceitado a explicação do namorado quanto ao beijo e o relacionamento dos dois não foi abalado.

Não demorou muito para que eu confirmasse minhas suspeitas de que eles não planejavam me deixar em paz. Surpreendi-me com a falta de criatividade deles na manhã do dia seguinte.

Eles descobriram um artigo de jornal sobre minha mãe, uma das matérias mais cruéis já feitas sobre ela, e a imprimiram dezenas de vezes, colando os panfletos na porta dos armários de todos os alunos do colégio.

Tentei disfarçar meu espanto e constrangimento e me esforcei em esconder o quanto ver aquilo me feria. Lidei com a situação da única maneira que conhecia: transformando a mágoa em uma fúria descontrolada. Recolhi e rasguei todos os papéis que encontrei. Maíra e Paulina me ajudaram, fazendo o mesmo.

Quando terminei, fui atrás dos responsáveis. Mariana, Ricardo e seu grupo de amigos estavam por perto. Eles riam, com exceção de Paulo, que me observava em silêncio. Mariana segurava algumas cópias do artigo. Uma fúria insana se apossou de mim e eu não pude me conter.

– Se você tem algo contra mim, resolva comigo. Deixe minha mãe fora disso! – avancei em direção a Mariana, pronta para uma nova briga. Ricardo me impediu de machucá-la e eu o odiei um pouco mais.

– Você deveria cuidar melhor do seu namorado em vez de se preocupar comigo – alertei-a, referindo-me a suas traições noturnas. Ricardo não sabia que eu o havia visto e Mariana não tinha ideia do que ocorria.

– Deixa que dele cuido eu – respondeu, apagando o sorriso e adotando um semblante duro. – É bom que *você* fique longe dele – ameaçou-me.

– Não se preocupe. Ele é *o último homem do mundo* que eu quero por perto – retruquei.

No horário do almoço, aproveitei para me trancar em meu quarto, longe dos olhares de todos. Fingir estar bem era cansativo e minha armadura começava a ficar pesada demais.

Ainda com as dezenas de cópias em minhas mãos, comecei a ler o artigo sobre mamãe. Lembrei-me de sua reação dramática na primeira vez que ele havia sido publicado.

Ele listava cronologicamente todos os seus casos de amor, que eram muitos, dando detalhes dos escândalos, e a acusavam de ser uma péssima mãe, pois deixava sua filha sozinha para se aventurar em relacionamentos destinados ao fracasso.

– Você está bem? – perguntou Paulina.

Concentrada na leitura, não soube quanto tempo ela e Maíra estavam ali. Assenti e elas se aproximaram para se acomodar em minha cama. Reparei que as duas seguravam diversos papeis impressos do artigo e me senti comovida pela dedicação delas em me ajudar.

– Isso foi muito cruel – murmurou Maíra, referindo-se ao artigo.

– O pior de tudo é que é verdade – suspirei.

– Não diga isso – pediu Paulina, tentando me consolar.

– Vocês já almoçaram? – mudei de assunto. Eu não sentia fome, mas não queria me entregar à humilhação que sentia.

– Não – respondeu Maíra, confusa com minha repentina mudança de humor.

– Vamos lá, então.

No restante do dia, ignorei os olhares, risinhos e murmúrios que me perseguiam por onde quer que eu fosse. Eu não gostava dos deboches, mas o pior era que sentissem pena de mim. Mariana e Ricardo conheciam minha fraqueza, o espinho que perfurava minha carne, e não hesitaram em cutucá-lo. Pior para eles.

A noite se aproximou e eu não sentia sono. Deitada em meu travesseiro, eu pensava em diversas formas de revidar, quando uma ideia incrível me veio à mente. Eu sabia exatamente como devolver o favor ao casal. Era, de fato, um favor, pois Mariana era traída por seu namorado e eu a ajudaria a desmascará-lo. Procurei meu celular e saí do quarto como uma fugitiva profissional, ansiosa para colocar o plano em ação enquanto Maíra e Paulina dormiam.

VII. O troco

Dessa vez, eu não queria, nem podia ser descoberta. Caminhei na ponta dos pés, procurando me manter próxima à parede, camuflada pela quase completa escuridão. Segui vasculhando o local em que havia encontrado Ricardo da última vez.

Procurei insistentemente, mas não tive sucesso. O colégio parecia deserto e não havia sequer sinal da inspetora Vilma. Já a ponto de desistir, caminhei de volta para meu quarto, quando murmúrios chamaram minha atenção. Eu tinha certeza de que já tinha passado debaixo das escadas, mas era de lá que vinha o som.

Desloquei-me lenta e pacientemente para evitar qualquer barulho. Os murmúrios eram de um casal e se tornavam cada vez mais nítidos conforme eu me aproximava. As vozes indicavam a presença de um garoto e uma menina na parte de trás da escada. Sorri no escuro.

Uma luz fraca iluminava os dois corpos, proveniente dos celulares que seguravam. A alguns metros do casal, ajustei meu celular para gravar o que ocorria.

Eu esperava que a conversa fosse suficiente para desmascarar Ricardo, pois, se dependesse da imagem, a escuridão não permitiria identificar de quem se tratava.

– Você é incrível – uma voz feminina familiar murmurou.

– Então, por que continua com ele? – uma voz masculina perguntou.

– O Ricardo já passou por muita coisa em pouco tempo. A separação dos pais, o problema com a bebida, e o pai é um monstro. Ele só tem a mim. Não posso fazer isso. Pelo menos, não por enquanto – ela explicou.

– Eu não aguento mais isso. Ter que dividir você e fingir todo o tempo – reclamou. – Você gostaria de me dividir com alguém? – perguntou, certo da resposta.

– É claro que não – a garota respondeu prontamente.

– Nem eu.

Alguns sons de beijos se seguiram, e eu me aproveitei que seus olhos estavam fechados para iluminá-los rapidamente com a lanterna do meu celular, documentando as feições que, pelo diálogo, já imaginava a quem pertenciam.

Não era Ricardo, e sim Mariana. Eu não reconheci o garoto que estava com ela. Resolvi voltar para o quarto antes que eles continuassem a conversa. Além disso, já havia conseguido o que queria. Ou melhor, havia encontrado muito mais do que esperava, pois, embora eu não duvidasse que Mariana pudesse superar a humilhação de ser traída, conhecia Ricardo o suficiente para saber que ele não o faria.

No dia seguinte, mostrei o vídeo para Maíra e Paulina. Expliquei que já sabia da traição de Ricardo desde a minha saída na primeira noite, mas que tinha sido surpreendida com a infidelidade de Mariana.

Elas ficaram tão chocadas quanto eu. Mariana não tinha o perfil de uma namorada dissimulada e cheguei realmente a pensar que ela era apaixonada por Ricardo. No entanto, eu não acreditava em um sentimento verdadeiro acompanhado por mentira e traição.

– E agora, o que vai fazer com isso? – perguntou Maíra.

– Adivinha – lancei-lhe um olhar sugestivo

– Dar o troco – deduziu Maíra. Eu assenti.

– Vale a pena destruir um relacionamento por isso? – perguntou Paulina, incerta.

– Que relacionamento? Ele a trai e ela o trai! Isso é uma farsa, não um relacionamento – repliquei, tentando afastar qualquer sentimento contrário a minha vingança.

– Não sei – resistiu minha amiga.

– Foram eles que não quiseram parar – falei, decidida.

– E eles mexeram com a mãe dela – lembrou Maíra, apoiando minha decisão.

– É – cedeu Paulina, pensativa.

Cada uma de nós ficou responsável por chamar os alunos para se reunirem em uma das salas de vídeo após o almoço, antes do horário dos treinos. Avisamos que se tratava de uma ordem do diretor e tomamos cuidado para convidar apenas os alunos do segundo ano, pois Vilma não podia desconfiar do que fazíamos, e ela perceberia se todos os alunos do colégio fossem para um mesmo lugar.

Passei o vídeo do meu celular para o computador, e Maíra me ajudou a conectá-lo à televisão, enquanto o restante dos alunos se acomodava nos sofás e pufes da sala. Alguns olhares desconfiados nos observavam, questionando do que se tratava. Mariana, Ricardo e seu grupo foram os últimos a chegar. Estava na hora.

– O que é isso? – perguntou Ricardo.

– Meu pai não me falou sobre nenhuma reunião – disse Mariana, com as mãos na cintura.

– Sentem-se. Vai valer a pena, eu *prometo* – sorri, deliciando-me com cada segundo. Eles estreitaram os olhos, suspeitando da minha alegria. – Pode passar – pedi a Maíra.

Se antes os alunos presentes murmuravam e especulavam o porquê de estarem ali, quando o vídeo começou, o silêncio foi geral. Atentei para o rosto de Ricardo enquanto ele descobria quem era a garota apaixonada e de quem o casal filmado falava. Suas feições se transformaram para uma revolta incontrolável.

Risinhos e comentários maldosos aumentavam cada vez mais e, ao final do vídeo, todos procuraram Mariana e Ricardo, sentados lado a lado em um dos sofás. Ele se levantou em um sobressalto, ainda sem dizer uma palavra. O rosto vermelho e o maxilar travado refletiam sua fúria, e ele caminhou rapidamente em direção à saída.

– Eu posso explicar. Não é nada disso – disse Mariana, desesperada, colocando-se entre ele e a porta da sala.

– Então, você estava mentindo para uma câmera escondida? – provoquei, insensível.

– Cala a boca! – Ricardo gritou para mim como um louco. – Vocês duas – voltou-se a Mariana, ainda sem ter assimilado o que tinha acabado de ver. – Sai do meu caminho e me esquece!

Cuspindo fogo e pisando como se quisesse quebrar o chão, Ricardo quase derrubou Mariana ao passar como um raio sala afora. Ela saiu logo em seguida atrás dele, aturdida. Todos que ficaram também estavam chocados. Olhei para Paulina, que mantinha o olhar baixo. Maíra também parecia pensativa.

– Agora já foi – dei de ombros, tentando não me sentir arrependida.

No restante da quinta-feira, o único assunto era o fim do namoro de Ricardo e Mariana. Descobri que o garoto com quem Mariana traía Ricardo era um aluno do terceiro ano, chamado Thomas, e me surpreendi ao ouvir o boato de que ele teria ficado grato pela revelação do vídeo, uma vez que não suportava mais dividir a mulher que amava.

Ricardo, por outro lado, parecia ter entrado em uma cápsula de gelo. Seus amigos, Paulo e Rodolfo, o cercavam a todo o momento, afastando as pessoas que vinham fazer perguntas indiscretas. O semblante frio e duro de Ricardo me perturbou, e eu me peguei observando-o durante o jantar.

À noite não pude dormir, e decidi dar uma de minhas costumeiras voltas no colégio. Eu deveria estar feliz. Mariana e Ricardo tinham pago pelo que fizeram comigo. Ele havia sido humilhado publicamente, e Mariana teve sua reputação de boa menina manchada. Apesar disso, eu me sentia triste.

A culpa de ter causado dor a eles me perseguia, por mais que tentasse fugir dela. Era uma dor que eu conhecia e, talvez por isso, eu me solidarizasse com o sofrimento dos dois.

Ao descobrir a traição de Alan, meu ex-namorado, meu coração havia se partido em mil pedaços. Ainda sentia o desconforto da adaga que ele havia fincado em minhas costas.

Eu refletia sobre isso, enquanto caminhava no escuro. Próxima à mesma escada em que filmara a traição de Mariana, detectei a presença de alguém. Encostei-me o mais próxima à parede, encoberta pela penumbra, temendo que se tratasse de Vilma. Então lembrei que não seria tão ruim ser encontrada. Ela poderia finalmente se cansar de me ter por perto, causando problemas, e cooperar com minha expulsão.

– Quem está aí? – perguntei, iluminando o local com meu celular.

– O bicho papão – uma voz masculina familiar respondeu.

– *Você* – constatei, sentindo meu coração acelerar.

Ricardo estava sentado no chão, encostado à parede, embaixo da escada que levava às salas de aula. Assustei-me ao ver que segurava uma garrafa pequena de prata à mão e que ao lado do seu pé havia outras duas aparentemente vazias.

Lembrei-me do que Paulina e Maíra disseram sobre ele ter problema com bebida depois que seus pais se separaram. Elas também tinham contado que Mariana o ajudara com aquilo.

– O que você pensa que está fazendo? Isso não ajuda em nada – falei, sentando-me ao seu lado e arrumando meu celular para manter a iluminação automática. Eu não podia deixá-lo ali sozinho. Minha consciência culpada não deixaria.

– Falou a sabe tudo – desdenhou.

Sua voz refletia a embriaguez. Ele cheirava a uma mistura de seu delicioso perfume e o odor forte do álcool.

– Onde estão Paulo e Rodolfo? – perguntei, estranhando seus amigos não estarem com ele.

– Dormindo – levou a garrafa à boca por alguns segundos.

– E você decidiu afogar as mágoas na garrafa? – perguntei, sem conseguir conter a censura. Ele não respondeu. – Por que você se importa? Você nem gostava dela. Eu sei que você também a traía – continuei, sem entender seu comportamento.

– Eu gostava dela! – rebateu, agressivo.

– Quem gosta, não trai – discordei.

– Eu não amava ela. Eu *gostava* dela – resmungou. – Ela era a única que se importava – deu outro gole.

Abri e fechei a boca, chocada por ter aquela conversa com ele. A bebida o dominava, e ele mal tinha noção do que dizia, o que fez com que se abrisse comigo. E isso me permitiu compreender por que ele namorava Mariana. Ela se importava com ele, quando ele sentia que ninguém mais o fazia.

– Mas agora você está livre para encontrar uma namorada nova. Alguém que se importe com você e que você ame de verdade – tentei animá-lo.

– Namorada? – ele riu. – Eu não quero nenhuma namorada. Vocês mulheres são todas iguais – deu mais um gole. – Mas eu tenho que admitir que foi um golpe de mestre – elogiou com um sorriso amargo nos lábios. Eu deveria me sentir satisfeita, vitoriosa, mas eu não gostava de vê-lo daquele jeito.

– Eu disse que não ia parar – lembrei-o. – Vocês não me deixaram escolha.

Um barulho próximo me deixou subitamente alerta. Seria Vilma? Agarrei meu celular e desliguei a lanterna, deixando-nos completamente encobertos pela escuridão. Ainda assim, eu conseguia ver o contorno do corpo de Ricardo e torcia para que Vilma tivesse uma visão pior que a minha.

Não me importava que ela me encontrasse, mas eu não estava disposta a ser responsável por Ricardo ser apanhado naquela condição.

– Fica bem quieto. Acho que é a Vilma – murmurei.

– E eu tenho cara de quem tem medo da dona Vilma? – tagarelou, bêbado.

– Shhh! – insisti.

– Meu pai é o multimilionário Lucas Miliano. Nada acontece comigo! – divertiu-se, zombando de si mesmo.

– Ricardo – pedi.

Estiquei as mãos à procura de sua boca para forçá-lo a se calar. Envolvi-o pela nuca e, antes que percebesse o que ele fazia, Ricardo me agarrou pela cintura e me beijou.

Tentei empurrá-lo, mas ele me beijava apaixonadamente e eu não resisti. Era o mesmo beijo que demos em seu quarto. O beijo que me fazia perder a noção de tempo e lugar. O beijo que me impedia de pensar.

Concluí que, ao menos assim, ele permaneceria quieto, então permiti que o beijo continuasse e atentei até que os sons de passos se afastassem. Quando não havia mais ninguém por perto, decidi que era hora de acabar com aquilo.

– Vamos – murmurei, afastando-o. – Vou levar você até seu quarto. – puxei-o pelo braço e ele se levantou, apoiando-se em mim.

– Não quero – resistiu.

– Vamos – puxei-o, ainda perturbada com o que acabara de acontecer.

Atentei para o caminho, à procura de algum sinal de Vilma, mas ela não estava por perto. Quando cheguei à porta do quarto de Ricardo, ele já estava quase dormindo em pé. Levei-o silenciosamente até sua cama, ajudei-o a se deitar e retornei para meu quarto.

Olhei no relógio, que marcava quase uma da manhã. Embora fosse tarde, minha mente resistia em descansar, atormentada pelo beijo que tínhamos dado minutos atrás. Era a segunda vez que nós nos beijávamos e eu não conseguia ignorar o quanto aquilo mexia comigo.

Ele provavelmente não se lembraria de nada no dia seguinte. Estava bêbado demais para saber o que disse e fez. Para meu infortúnio, eu lembraria. Meu coração atormentado me acusava de me deixar ser levada pelo beijo de Ricardo. Coloquei os fones de ouvido e tentei não pensar em mais nada, conseguindo, assim, adormecer.

VIII. A fuga

Paulina, como sempre, me acordou, o que evitou que eu perdesse a aula. Apressei-me no banho e fui rápida em me aprontar, sentindo uma ansiedade inexplicável para encontrar Ricardo. Eu precisava descobrir se ele se lembrava de ter me beijado e ver em seus olhos o que ele pensava de tudo aquilo.

Fui uma das primeiras a chegar na sala e aguardei inquieta até o momento em que ele apareceu. Ricardo foi um dos últimos alunos a chegar, logo atrás do professor. Ele usava óculos escuros para esconder a ressaca e seu semblante estava frio e indiferente.

Virei para trás e o observei conversando com uma das meninas da sala. Mariana, que se sentava próxima a mim, também o observava. Seu maxilar estava travado e os punhos, cerrados, contendo em si a raiva que a impelia a fazer algo imprudente. Talvez ele só estivesse tendo uma conversa inocente. Era essa versão que eu usava para convencer a mim mesma.

A caminho do restaurante, no horário do almoço, trombei com ele nos corredores. Quase caindo, apoiei-me em seus braços e meu coração disparou enquanto ele me olhava. Ele não estava com os óculos e seus lindos olhos escuros pareciam ver dentro de mim. Por algum tempo nós apenas nos olhamos.

– Está melhor? – perguntei, incomodada com o silêncio. Ele me soltou.

– Como se você se importasse! – achou graça. – Você deve estar bastante contente, não é? – perguntou, agressivo.

– Com o quê? – cruzei os braços, sem entender.

– Conseguiu me humilhar na frente da escola inteira. Parabéns! – cumprimentou-me friamente.

– Você sabe que me forçou a fazer isso – defendi-me.

– Então, a culpa é minha? – ele riu, sarcástico.

– É! – exaltei-me. – E você devia me agradecer!

– Agradecer? – bufou.

– Sim! Você preferia continuar sendo traído? – perguntei, distraída momentaneamente com a lembrança de nosso beijo.

– Eu preferia que você não se metesse na minha vida – retrucou.

– Para isso você tem que ficar fora da minha – rebati.

– Pode contar isso! – prometeu, seguindo seu caminho.

Respirei fundo, recuperando-me da discussão. Por algum motivo, nós não conseguíamos ter uma conversa civilizada. Não quando ele estava sóbrio. Ricardo não parecia se lembrar de nosso encontro na madrugada e, muito menos, de ter me beijado. Eu não mencionei nada, pois, no fundo, eu o invejava.

Descobri, durante o almoço, que ele estava com a garota com quem eu o vira conversar na sala de aula. Ela se chamava Beatriz e era muito bonita. Quase tão bonita quanto Mariana.

Também era loira, magra, esnobe e superficial. A diferença era que, dessa vez, ele não queria nada sério com ninguém. E sua decisão de não manter um relacionamento estável e monogâmico provocou febre entre suas admiradoras.

Mariana era incapaz de disfarçar o quanto vê-lo com outra mulher a perturbava, porém, naquele mesmo dia, ela assumiu o namoro com Thomas, o garoto com quem tinha traído Ricardo.

Com a chegada do final de semana, quase todos os alunos voltaram para suas casas. Ricardo e eu, punidos pelo diretor, tivemos que passar o final de semana no colégio.

Dessa vez o diretor estava presente, bem como a secretária Júlia. Éramos basicamente nós, o diretor, Júlia e Vilma, além dos funcionários da cozinha, da limpeza, da manutenção e da segurança. O dia ensolarado fez com que eu não pensasse duas vezes antes de me trocar e ir à piscina. Ricardo teve a mesma ideia.

Nadamos em silêncio, ora próximos e ora distantes um do outro. Acredito que teríamos nos ignorado o restante do dia se não estivéssemos entediados. Bastou uma única oportunidade para que travássemos uma conversa. Essa oportunidade veio quando, nadando debaixo d'água, esbarramos um com o outro.

– A piscina é bem grande. Vai para lá – pedi, incomodada com a proximidade. Ele percebeu minha reação.

– Está com medo de mim? – provocou.

– Bem que você queria. Eu não tenho medo de ninguém – falei, cruzando os braços.

– É claro que não – forçou um sorriso. Um cheiro fraco de álcool atingiu minhas narinas.

– Você andou bebendo? – perguntei, censurando-o. Ele achou graça da minha reação.

– Isso não é da sua conta.

– Achei que você gostasse de estudar aqui. Parece que quem está querendo ser expulso é você!

– Por sua culpa eu estou sem namorada – mudou de assunto.

Os dedos roçaram minha cintura, dando-me arrepios. Dei um passo para trás, afastando-me do contato.

– Você se virou bem. Pode escolher uma idiota diferente por dia – falei friamente.

– Nenhuma delas está aqui agora – sorriu, aproximando-se e envolvendo-me pela cintura.

Sua insinuação me deixou perplexa. A última coisa que eu seria era mais uma idiota de sua lista.

– Azar o seu! – ultrajada, empurrei-o com força, nadando até a borda da piscina.

Enxuguei-me e decidi voltar para o quarto. No meio do caminho, vi o diretor Alexandre vindo em direção à piscina. Imediatamente tive uma ideia e voltei correndo para onde estava Ricardo. Ele havia saído da água e se enxugava com a toalha.

– Mudei de ideia – eu disse. Ele franziu o cenho, sem entender.

Puxei-o pela nuca e o beijei da forma mais apaixonada possível. Mantive um olho aberto na direção de onde o diretor estaria vindo. Eu queria me certificar de que ele nos veria. Beijar nas dependências do colégio era proibido e eu esperava que Alexandre finalmente decidisse me expulsar ao me encontrar quebrando, mais uma vez, as regras.

Ricardo correspondeu ao beijo tão bem quanto das outras vezes. Suas mãos me envolveram pela cintura e ele não desconfiou da minha mudança ou se perguntou por que eu o estava beijando.

Ao contrário, ele parecia satisfeito por não ter que permanecer o final de semana sem ninguém. Apesar de me sentir mal por ser mais uma em sua fila de pretendentes, a possibilidade de ser expulsa fazia aquilo valer a pena.

– O que é isso?! – Alexandre perguntou, incrédulo do que via. Ricardo se assustou e me largou em um sobressalto.

– Nada de mais. Estávamos apenas nos beijando para passar o tempo – contei, indiferente.

– Foi ela quem me beijou! – protestou Ricardo, fuzilando-me com o olhar. – E você fez de propósito porque sabia que ele estava vindo! – acusou-me.

– Não sei do que você está falando – esbocei meu semblante de vítima, disfarçando o quanto me divertia com aquilo.

– Chega! – interrompeu o diretor. Seu rosto estava vermelho e inchado. – Vocês dois estão cumprindo punição por terem se beijado e porque a senhorita Amanda estava em um dos quartos da ala masculina, e eu os encontro se beijando novamente! – exaltou-se, erguendo as mãos ao alto.

– São os hormônios – contive um risinho.

– Para a minha sala! – gritou Alexandre, lembrando-me de Vilma, que assistia a discussão à distância. Eu me perguntei se ela tinha se cansado de tentar conter minhas confusões. Já era hora.

Seguimos em silêncio para a sala do diretor. Ricardo estava furioso por ter caído em mais uma de minhas armadilhas, enquanto eu dissimulava quão feliz me sentia. Dessa vez, eu tinha que ser expulsa. As repreensões e castigos foram inúteis em me fazer ter um bom comportamento e já tardava para Alexandre perceber que eu não mudaria.

– Primeiro, quero falar com o senhor Ricardo Miliano – anunciou Alexandre diplomaticamente. – A senhorita Amanda Oliveira pode aguardar na companhia da senhora Júlia – completou.

A secretária assentiu, indicando o sofá próximo à sua mesa. Esperei ansiosamente o momento em que o diretor me chamaria, perguntando-me por que ele decidira conversar comigo e com Ricardo separadamente. Tentei imaginar o que os dois estariam falando e teria colado meu ouvido à porta se a secretária Júlia não estivesse ali.

Pensei em Paulina e Maíra e em quão triste seria não me despedir delas, caso eu fosse expulsa naquele dia. Tentei afastar esses pensamentos e imaginei a reação de mamãe quando descobrisse que eu tinha conseguido minha quarta expulsão. Ela finalmente perceberia que não poderia mais controlar minha vida.

Levou quase meia hora até que Ricardo saiu da sala de Alexandre. Estudei seu rosto e não vi sinais de raiva ou perturbação. Ele abriu um sorriso largo ao passar por mim. Aquilo era muito estranho.

– Vamos? – chamou o diretor.

Eu o segui até sua sala e me sentei no sofá, inquieta. Alexandre me encarou por algum tempo. Ele não parecia estar com pressa. Ofereceu-me água e eu aceitei. Não estava com sede, mas queria ter algo em minhas mãos para apertar e abrandar minha ansiedade.

– Eu admiro sua determinação – ele disse, deixando-me boquiaberta. Ele sorriu, percebendo minha surpresa. – Você realmente se esforça quando quer alguma coisa. É uma pena que seu foco esteja errado, mas acredito que, se realmente quisesse fazer algo bom, você se sairia melhor que a maioria das pessoas.

– Por que você está dizendo isso? – perguntei, incomodada com o elogio.

– Porque o que mais me aborrece é a sua insistência em arruinar sua própria vida, quando você poderia focar suas energias em algo positivo – desabafou.

– Eu não quero ficar aqui – repeti o que ele já sabia.

– Você não quer? Mesmo? Ou você não quer porque é o que sua mãe quer? – investigou, certo de suas suspeitas.

– Ela acha que pode fazer o que quiser comigo. Estou cansada disso – confessei.

– Responda-me uma coisa. Esqueça a sua mãe e pense apenas em você. Você gosta daqui? – perguntou.

– Sim – admiti, contrariada. – Mas isso não muda nada – acrescentei.

– E você ficaria aqui se essa decisão fosse apenas sua? – continuou, parecendo certo de onde queria chegar.

– Não sei. Talvez. Mas não foi! – exaltei-me. Alexandre ergueu a mão, pedindo que eu me acalmasse.

– Amanda. Você é esperta. Será que não percebe que está sabotando a si mesma? Você gosta daqui. Fez amizades. E, ainda assim, insiste em ser expulsa para desagradar sua mãe. Quando vai parar de colocá-la no centro das suas decisões e começar a viver sua vida de verdade? – perguntou, fazendo com que eu me sentisse acuada.

Alexandre estava certo. Eu não admitiria isso a ele, mas nós dois sabíamos que o que ele dizia era verdade. Eu estava lutando contra mim mesma e nunca ganharia aquela guerra.

Se eu saísse do colégio, estaria me afastando de minhas amigas e ficaria infeliz. E, se não conseguisse ser expulsa, continuaria me atormentando por ter sido enviada ali por mamãe.

– Você não tem ideia de como é ter ela como mãe – murmurei, cabisbaixa.

– Talvez você esteja certa – disse, atraindo meu olhar surpreso. – Talvez ela tenha sido uma péssima mãe. Talvez ela mereça uma filha problemática. Mas você não pode usá-la para justificar os seus atos – continuou, paciente e visivelmente preocupado. – Amanda, você precisa começar a viver sua própria vida.

Um nó em minha garganta me impedia de falar. Eu me sentia tão estúpida que nada do que dissesse mudaria aquilo. Alexandre havia me mostrado algo óbvio. Por muitos anos, agi em função de mamãe, buscando afetá-la com minhas expulsões e rebeldias. Parecia sem sentido e inútil. Eu não era mais uma criança.

– Você não vai me expulsar, não é? – perguntei, certa da resposta.

– Não – respondeu, estudando-me. – Espero que nossa conversa a faça refletir – completou, esperançoso.

– Posso voltar para meu quarto? – arrisquei, desejando ficar sozinha.

– Sim – consentiu. – Pense no que conversamos hoje – pediu enquanto eu seguia em direção a porta. Assenti, mantendo-me de costas para ele.

Tranquei-me em meu quarto e comecei a chorar. Era a primeira vez que eu me dava conta de quão tola tinha sido. Fazia muito tempo que eu era movida pelo desejo de perturbar mamãe e tudo que havia feito, apesar de tê-la ferido, voltou contra mim. Como meu relacionamento com Alan, meu ex-namorado.

Mamãe não o suportava e, desde o início, ela deixara claro que ele não era confiável. No entanto, sua aversão a ele apenas aumentou meu interesse. No fim, eu me apaixonei e acabei confirmando que ela estava certa.

Virei-me de lado na cama e puxei minhas pernas de encontro ao corpo. Olhei as paredes que me cercavam e decidi que precisava de ar puro, que precisava sair do colégio, nem que fosse por alguns minutos. Decidi esperar o jantar ser servido e, então, ao invés de dormir, eu fugiria sem levantar suspeitas.

Eu não pretendia ir embora definitivamente. Se esse fosse o caso, já teria feito isso antes. Perceber isso foi mais uma confirmação de que, no fundo, eu nunca quis deixar o colégio.

Eu gostava de Paulina e Maíra e, de certa forma, até gostava das aulas, pois estudar em uma escola era menos solitário do que ser ensinada em casa por um professor particular.

Embora eu não planejasse uma fuga definitiva, estar longe de tudo era um desejo imediato e temporário. Mamãe tinha sido a motivação para minha rebeldia contra o mundo e Alexandre fez com que eu questionasse esse comportamento. Eu estava acostumada a afastar as pessoas, temendo que elas me deixassem, como minha mãe sempre fazia. Era hora de mudar e algo me dizia que sair do colégio era o que eu precisava.

IX. Outra realidade

Como tinha previsto, sair da escola era mais simples do que entrar. Camuflada de preto, passei pelos seguranças sem ser notada. Levei comigo apenas minha carteira e meu celular. O ar fresco e gelado da noite era restaurador, e eu acelerei os passos por um caminho desconhecido.

Caminhei cerca de dois quilômetros antes de encontrar qualquer sinal de vida. Aquela parte da cidade era muito pobre e parecia mais assustadora do que qualquer outra que eu já tenha ido. Coloquei o gorro do agasalho sobre a cabeça, procurando tornar-me o mais invisível possível.

Havia alguns bares em péssimas condições, cadeiras nas ruas, e homens bêbados, gritando uns com os outros. Reparei em algumas mulheres, quase nuas, paradas nas esquinas. Algumas crianças e mendigos pediam dinheiro para os poucos pedestres que circulavam.

– Você tem algum trocado? – perguntou um dos mendigos. Eu me encolhi, assustada com a abordagem inesperada.

Ele cheirava a bebida e a suor humano. Quase não havia dentes em sua boca e suas roupas estavam surradas e sujas. Em vez de sapatos, ele enrolava os pés com faixas de pano que deixavam à mostra um pedaço grosso e podre de sua pele. Eu senti vontade de correr, mas minhas pernas não reagiram.

– Desculpe, eu não tenho nada aqui – respondi, atenta às suas mãos trêmulas.

– Eu preciso de dinheiro! – gritou, fazendo com que eu desse um passo para trás, assustada.

– Eu não tenho nenhum. É verdade – repeti, sentindo meu coração acelerar.

– Ana! Até que enfim, achamos você! – uma garota sorriu para mim, puxando-me pelo braço.

Ao seu lado estavam dois garotos. Eu não reconhecia nenhum deles.

– O quê? – perguntei, sem entender.

– Nós precisamos ir. Vamos – apressou um dos garotos, lançando-me um olhar sugestivo.

Então, eu entendi. Por algum motivo, eles estavam me ajudando. E eu não podia estar mais aliviada. Segui, sem fazer perguntas, guiada pela garota, que segurava meu braço. Depois de alguns minutos, avistei outro grupo de jovens, ao qual o trio que havia me socorrido se juntou.

– Obrigada – agradeci à garota e aos dois garotos. Eles pareciam ser três ou quatro anos mais velhos que eu.

– Por nada – ela sorriu. – Meu nome é Angélica. Esses são Marcos e Lucas – indicou os amigos que a acompanhavam.

– Amanda – apresentei-me.

– O que você faz aqui sozinha? – perguntou Marcos.

– Estava dando uma volta – respondi vagamente.

– Péssima hora e lugar. Aqui é muito perigoso – alertou Lucas.

– Você mora aqui perto? – perguntou Angélica.

– Mais ou menos – desconversei. – E vocês? – perguntei, tentando desviar o foco da conversa de mim. O mais velho do grupo, que prestava atenção em nossa conversa, se adiantou a responder.

– Somos da Comunidade Amor em Cristo. Fazemos evangelismo aos sábados à noite nessa região – contou. – Meu nome é Davi – sorriu. – Onde estão seus pais? – perguntou, preocupado.

– Eu nunca conheci meu pai. Ele morreu quando eu era um bebê. E minha mãe está trabalhando – respondi, esperando que o interrogatório terminasse. Davi abriu a boca e eu senti que novas perguntas viriam, mas um dos jovens foi mais rápido.

– Davi, acho que está na hora de voltarmos. Precisamos servir a sopa – avisou o rapaz.

– Posso ir com vocês? – perguntei.

Eu não queria ficar sozinha naquele lugar estranho, mas também não planejava voltar tão rápido para a escola.

– Sua mãe não vai ficar preocupada? – quis saber Davi.

– Ela trabalha até muito tarde – respondi.

– Tudo bem, então. Depois posso levá-la até sua casa – concordou. – Vamos – apressou os demais.

Andamos quase dez minutos antes de pararmos em frente a uma grande e antiga construção. Vozes vinham de dentro e era lá que aquele grupo se reunia. Para minha surpresa, muitas crianças, mendigos, mulheres da vida e bêbados aguardavam pela sopa distribuída pelo grupo cristão.

– Boa noite a todos. Vamos orar – propôs Davi. – Senhor Deus, Amado Pai, obrigado por mais um dia de vida. Obrigado por seu grande amor por nós. Obrigado por nosso Salvador Jesus Cristo, que morreu por nossos pecados. E obrigado por este alimento. Que ele alimente nossos corpos enquanto a Sua Palavra alimenta nossas almas. Esteja com aqueles que passam fome e sofrem. Em nome de Jesus. Amém.

Enquanto ele orava, eu fechei meus olhos, prestando muita atenção em cada palavra. Eu não me lembrava de ter orado nenhuma vez antes de qualquer refeição. Nem sequer me lembrava de ter agradecido por estar viva ou por qualquer outra coisa. Todas as poucas orações que fizera em minha vida foram sobre pedidos fúteis e egoístas.

Os membros do grupo se mobilizaram após a oração para servir aos que estavam ali. Ofereci ajuda a Angélica e nós duas ficamos responsáveis por reunir as crianças.

Tentei dissimular o espanto ao perceber a condição em que elas se encontravam, mas era inútil resistir ao sentimento de compaixão.

A maioria devia ter menos que dez anos e quase nenhuma possuía roupas apropriadas para o clima frio da madrugada.

– Onde estão os pais delas? – murmurei para Angélica.

– Algumas são órfãs. Outros as mandam pedir dinheiro na rua. E há aquelas que têm mães prostitutas ou pais alcoólatras. Ou os dois – murmurou baixo o bastante para que nenhuma delas nos ouvisse.

Senti um nó se formar em minha garganta enquanto distribuía as cumbucas com sopa e via quão famintas estavam aquelas pobres crianças. Eu me sentia culpada por pensar que tinha problemas, enquanto, na verdade, eram elas que tinham.

Eu podia ir a restaurantes caros, vestir roupas de marca, passear em carros com ar condicionado e dormir em camas macias com edredons quentes. Já elas viviam com a incerteza do alimento de cada dia, usavam vestes sujas e rasgadas, ansiavam por um banho quente e desconheciam a sensação de conforto.

E não eram apenas elas. Olhei ao redor e vi os homens bêbados sentados nos cantos daquela grande sala. Um ou outro chorava em silêncio. Algumas mulheres ficavam próximas às crianças e pareciam ser as respectivas mães. Outras, de vestuário exótico, conversavam entre si. Os olhos delas refletiam medo, porque a vida lhes ensinara que não deviam confiar em ninguém.

– E agora? – perguntei a Angélica após termos terminado de distribuir a sopa às crianças.

– Agora é o melhor da noite – sorriu.

Ela se afastou e retornou com uma caixa nos braços, da qual retirou pulseiras com continhas coloridas. Notei que todas as pulseiras tinham a mesma quantidade e sequência de continhas. Primeiro vinha uma amarela, então uma preta, depois vermelha, seguida por uma branca e, por fim, uma verde. Antes que eu lhe perguntasse o que era aquilo, Angélica começou a falar.

– Essa é uma pulseira que usamos para evangelizar as crianças. É bastante útil porque é fácil de entender e elas não esquecem – contou, segurando uma das pulseiras. – Nossa, eu nem perguntei! Como sou desligada! – sorriu, embaraçada. – Você não precisa fazer isso. Quero dizer, você frequenta alguma igreja? – perguntou.

– Eu já fui algumas vezes – respondi. Mamãe havia me levado quando era menor, antes de ela se tornar famosa e não ter mais nenhum tempo livre. – Mas eu quero ajudar – assegurei-a. – Apenas me diga o que tenho que fazer.

– Tudo bem – Angélica sorriu, confiante. – É como uma história. A continha amarela representa o céu, porque a Bíblia diz que o céu tem ruas de ouro. A continha preta representa nosso pecado. Todos somos pecadores e esse pecado nos separa de Deus. Você pode dar alguns exemplos. Você peca ao mentir, ou roubar, ou quando faz mal a alguém, ou quando não ajuda, quando você pode. Enfim, pecamos quando desobedecemos a Deus. E, ao pecarmos, nós temos um coração preto.

Eu a ouvia atentamente, intrigada e encantada com aquela realidade tão nova para mim. Todas aquelas pessoas eram tão dedicadas no que faziam, tão apaixonadas por ajudar aos outros e por servir a Deus, que tudo que eu já havia vivido antes parecia sem sentido quando comparado àquilo.

– E nós não podemos entrar no céu por causa do pecado. Mas Deus nos amou tanto que ele nos quis mesmo assim. Ele mandou seu único filho, Jesus, que não tinha pecado e pôde pagar pelos pecados de todos nós. E a continha vermelha representa o sangue de Jesus derramado na cruz, que lavou nossos corações e nos deixou que nem essa continha branca: limpos.

– Legal – sorri. – E a continha verde?

– Representa o crescimento. Como uma planta, devemos crescer em nosso relacionamento com Deus, seja orando, lendo a Bíblia ou indo à igreja – explicou, entregando-me um punhado de pulseiras. – Acha que consegue lembrar de tudo?

– Sim.

Nós nos dividimos para conversar individualmente com cada uma das crianças. Era uma história simples e, de fato, as crianças conseguiam repeti-la sem dificuldades. Reparei que os outros jovens utilizavam um panfleto azul para falar sobre o amor de Deus aos adultos.

Quando as pulseiras acabaram, fui atraída pela conversa entre Marcos e um mendigo. Ele quis aceitar a Jesus e, após orar, notei o brilho em seu olhar. Era especial e único, como se ele tivesse, a partir daquela decisão, se tornado uma nova pessoa.

– Nós somos todos criaturas de Deus e apenas os que recebem Jesus têm o direito de se tornarem *filhos de Deus* – disse Davi, aproximando-se.

– É incrível o que vocês fazem aqui – falei, extasiada. – E desafiador.

– Desafiador – concordou, sério. – A cada sábado há mais pessoas e menos comida. Precisamos pagar o aluguel desse lugar e os recursos que temos são doados voluntariamente por membros de nossa igreja. Às vezes, parece que estamos com dias contados, mas sei que Deus nos abençoará – afirmou, pensativo.

Ele parecia preocupado e, ao mesmo tempo, era como se dissesse a si mesmo que não devia temer. Um dos jovens chamou Davi e eu aproveitei a oportunidade para sair sem que ninguém notasse.

No caminho de volta, o vento gélido atingia minha pele e eu pensei naquelas pessoas que eram abrigadas pelo grupo cristão. Se não estivessem sendo acolhidas, elas talvez tivessem que dormir expostas ao frio. Davi havia mencionado a dificuldade em manter financeiramente aquele projeto e eu não conseguia afastar a sensação de que precisava fazer algo para ajudá-los.

Maíra e Paulina perceberam, assim que me viram, que algo havia acontecido. Contei-lhes sobre minha fuga e suas expressões surpresas me fizeram rir. Falei sobre o encontro com o grupo de jovens da Comunidade Amor em Cristo, sobre as pessoas que eles ajudavam, sobre as crianças sujas e com frio, sobre a tristeza nos olhos dos bêbados e o medo no olhar das prostitutas. Mencionei também a dificuldade em manter aquele projeto tão lindo.

– É tão injusto! – exclamei, aborrecida. – Nós temos tantas coisas e eles não têm nada. E o pior de tudo é que nós não fazemos nada para mudar isso! Como podemos ser tão egoístas?

– É verdade – concordou Paulina, pensativa. – Nós nos preocupamos com coisas fúteis como um celular novo, uma roupa nova, um sapato, uma bolsa, e na hora de ajudar os outros, aqueles que realmente precisam, somos mesquinhos.

– É mesmo. Como os bailes do colégio. Aquilo é um desperdício de comida! – comentou Maíra.

– Que bailes? – perguntei.

– Acontecem ao final de cada semestre. São festas bem tradicionais. Nossas famílias se reúnem. Você, com certeza, não vai gostar – riu Maíra.

– E quem organiza essas festas? – eu quis saber, enquanto minha mente maquinava uma ideia incrível.

– A comissão formada pelos representantes de classe – contou Paulina.

– Ah – murmurei ao lembrar quem era o representante de nossa sala.

Ricardo havia sido eleito, no primeiro ano, e reeleito há poucos dias.

– Você está pensando o que eu acho que está pensando? – perguntou Maíra, tentando decifrar meu olhar perdido.

– Seria uma ótima ideia se o próximo baile tivesse o objetivo de reunir recursos para ajudar esse projeto! – sugeri.

– É verdade! – sorriu Paulina, animada.

– E você acha que o diretor concordaria? – duvidou Maíra.

– Eu falo com ele – respondi, confiante.

– Isso quer dizer que... – Maíra abriu um sorriso.

– Eu não vou mais tentar ser expulsa. Decidi ficar – contei.

A reação delas foi de uma alegria que me desconcertou. Eu tinha muita sorte por ter encontrado amigas tão boas. Paulina e Maíra eram sinceras, companheiras e confiáveis. E gostavam de mim do jeito que eu era: teimosa, geniosa e complicada.

– O mais importante é que os pais dos alunos estejam dispostos a fazer as contribuições – disse Maíra, voltando ao assunto.

– Para isso, é importante que os próprios alunos os pressionem – acrescentou Paulina.

– Mobilizar os alunos de todas as séries não é uma tarefa tão simples – afirmou Maíra.

As dificuldades pareciam aflorar aos montes, mas a imagem daquelas pessoas e o amor de Davi, de Angélica e dos outros não me deixavam desistir. Eu precisava fazer alguma coisa, pois, caso contrário, eu seria apenas mais um daqueles que podem ajudá-los, porém nada fazem.

Tentei considerar todos os obstáculos. Lidar com Alexandre não me parecia ser o maior dos problemas. O maior empecilho era fazer os pais dos alunos contribuírem e, para isso, os alunos tinham que estar engajados ao propósito de levantar fundos para ajudar o projeto. Assim, a raiz da questão parecia ser como mobilizar alunos de diferentes séries e fazê-los perceber a importância de tudo aquilo.

Fazer isso era ainda mais difícil para mim, considerando meu histórico naquele colégio. Eu não era a pessoa mais sociável. Com exceção de Paulina e Maíra, as únicas meninas com quem tinha mais contato eram aquelas que eu havia ajudado a entrar no time de torcida. Além disso, ter Mariana como inimiga significa ter, por associação, suas amigas e alunas que queriam ser como ela como minhas inimigas.

Eu precisava de ajuda e não era fácil admitir isso. Eu estava acostumada a não depender de ninguém, mas não conseguia encontrar outra saída, a não ser pedir ajuda à pessoa mais popular e influente daquele colégio. Infelizmente, eu duvidava que ele estaria disposto a cooperar.

– Vocês acham que o Ricardo ajudaria?

X. Uma aliança improvável

Nenhuma delas soube responder com certeza. Ricardo parecia ser duas pessoas completamente diferentes, e eu não sabia qual delas prevaleceria quando eu pedisse sua ajuda.

Se, por um lado, ele era o garoto mais popular, metido e mulherengo do colégio, por outro lado, ele se mostrava mais humano e solidário ao participar do grupo de reforço, ajudando alunos com problemas em Física e Matemática.

No dia seguinte, aguardei pelo momento em que ele estaria longe de suas fãs e de seu grupo de amigos. O que eu queria falar com ele era importante, e eu precisava de sua atenção quando explicasse. Além disso, pedir sua ajuda era humilhante demais para que outros também presenciassem.

– Oi – forcei um sorriso. – Preciso falar com você.

– Pode falar – cruzou os braços, visivelmente desconfiado.

– Preciso da sua ajuda – disse de uma vez, antes que me arrependesse.

– O quê?! – achou graça.

– Pois é – suspirei, mau humorada. – Esse dia chegou.

– E por que *eu* ajudaria *você*? – arqueou a sobrancelha.

– Porque você provaria que não é tão idiota quanto eu penso que é – respondi, irritada. Ele fechou o sorriso, lançando-me um olhar frio.

– Não estou interessado – disse secamente, seguindo seu caminho a passos rápidos.

– Espera! – pedi, mas já era tarde demais.

Meu fracasso em conseguir convencê-lo a me ajudar me deixou rabugenta durante o restante do dia. Eu precisava tentar de novo, embora a vontade de fazer isso fosse tão grande quanto a de me jogar de um prédio. Desde que havia entrado naquele colégio, Ricardo e eu nunca tínhamos nos dado bem e parecia sem sentido insistir.

– Mas você explicou do que se tratava? – perguntou Maíra.

– Não exatamente.

– Como não? – estranhou Paulina.

– Ele saiu antes que eu explicasse – defendi-me, aborrecida.

– Você vai tentar de novo? – quis saber Paulina.

– E eu tenho outra escolha? – dei de ombros.

Era irritante ter que observá-lo por horas até encontrar o momento certo de abordá-lo. Ricardo nunca estava sozinho. Ora estava agarrado a uma aluna, ora estava cercado por seus amigos. Foi apenas à noite, após o jantar, quando ele seguia em direção a seu quarto, que encontrei a oportunidade perfeita.

– Ricardo, espera – pedi.

– O que você quer? – perguntou, agressivo. – Já não bastou me humilhar na frente da escola inteira e me fazer ficar *dois* finais de semana de suspensão? Você já me causou problemas demais!

– Só preciso de cinco minutos – insisti, sentindo-me injustiçada por suas acusações.

– Não me interessa ouvir o que você pensa de mim – disse, voltando a caminhar.

Agarrei seu braço, evitando que ele se afastasse de novo. Ele me lançou um olhar furioso.

– Não é nada disso – falei, ignorando o formato de seus músculos entre meus dedos. – É importante.

– Está tarde – contrapôs, relutante.

– Por favor – implorei. Ele suspirou, cansado.

– Tudo bem. Estou ouvindo.

Contei-lhe sobre minha fuga e sobre o encontro com os jovens. Falei sobre o projeto, as pessoas que estavam sendo ajudadas e as dificuldades financeiras de continuar com tudo aquilo.

Então, revelei que queria usar o próximo baile para levantar recursos. Ricardo ouviu em silêncio, fitando-me com uma expressão intrigada. Ao final de meu monólogo, havia algo diferente na forma como ele olhava para mim.

– E por que você quer fazer isso? – quis saber, confuso. – Achei que a única coisa que você quisesse fosse sair daqui – comentou, e eu pude sentir uma pontada de crítica em sua voz.

– Isso não vem ao caso – não confiava nele para falar sobre mim.

– E por que quer a minha ajuda? Podia ter pedido para qualquer outra pessoa – continuou, incerto sobre minhas intenções.

Sua desconfiança era compreensível. Afinal, eu o havia enganado algumas vezes.

– Eu estou falando a verdade. Não brincaria com isso – assegurei-o, tentando soar o mais sincera possível. – Preciso da *sua* ajuda, porque você é o único que seria capaz de mobilizar todos os alunos de todas as salas.

– Tenho que concordar com isso – sorriu, convencido.

– Além disso, você é o representante de sala, e eu sei que a comissão que organiza os bailes é formada pelos representantes de cada sala – lembrei.

– Sim.

– Então, você vai ajudar? – pressionei-o.

Ricardo não respondeu prontamente, e isso aumentou minha ansiedade. Eu não saberia o que fazer se ele não me ajudasse.

– Sim – abriu um sorriso charmoso.

– Você vai mesmo? – eu mal podia acreditar.

– Vou – confirmou.

– Legal! – falei, entusiasmada.

– Amanhã conversamos melhor. Boa noite – despediu-se.

– Boa noite.

Maíra e Paulina perceberam meu estado de choque e me interrogaram sobre a conversa que tivera com Ricardo. Elas ficaram quase tão felizes e surpresas quanto eu.

– Você viu, ele não é tão ruim quanto você pensa – disse Paulina.

– E nem tão bom quanto você acha – rebati.

– Você acha que ele vai ajudar mesmo? – Maíra perguntou.

– Espero que sim. Ele pareceu sincero – contei. – Mas acho que só vou saber amanhã.

– Quem diria que vocês dois estariam trabalhando juntos por uma causa comum – ela disse, analisando-me a ponto de me incomodar.

– Um sacrifício necessário – exagerei, fazendo-me de vítima.

Naquela noite, demorei a pegar no sono. Pensar em ficar mais tempo com Ricardo me deixava terrivelmente inquieta. Nossa mais recente conversa foi a primeira amigável desde que o havia conhecido. Eu estava ciente de que precisava fazer com que nossa parceria funcionasse, pois não se tratava mais de mim, ou dele, e sim daquelas crianças, das mulheres e homens que seriam ajudados.

No dia seguinte, acordei cedo, antes mesmo que meu despertador tocasse, e usei cada momento livre do dia para adiantar todas as lições que deveria entregar nas próximas semanas.

O período de provas se aproximava, e meus planos de deixar o colégio fizeram com que eu não prestasse nenhuma atenção às aulas. Eu precisava aprender tudo em pouco tempo e, felizmente, Maíra e Paulina eram boas alunas na maioria das matérias e não hesitaram em me ajudar.

– Eu só não sou boa em Matemática e Física – disse Maíra.

– Nem eu – falou Paulina.

– Mas você pode ir no grupo de reforço do Ricardo agora que estão tão amigos – brincou Maíra.

– Engraçadinha – fiz uma careta.

Ricardo havia mencionado que conversaríamos melhor, porém não especificou quando ou onde. Eu não queria ter que persegui-lo ou parecer insistente. Fiquei aliviada quando ele me abordou durante a tarde em um período que, segundo eu bem sabia, ele geralmente passava com algum de seus casos. Eu estava na biblioteca estudando em uma das mesas.

– Você está livre agora? – perguntou em voz baixa.

– Claro – respondi.

Discutimos rapidamente sobre onde sentaríamos. Ricardo preferia as poltronas do salão de jogos e eu discordei por ser um local sempre muito movimentado. Nós precisávamos conversar sem interrupções ou distrações, e eu sugeri as mesas do restaurante, que geralmente ficavam vazias após as refeições.

– O que você tem em mente? – perguntou.

– Divulgação – resumi. – Acho que precisamos focar nisso. Podemos colar cartazes na escola avisando sobre a diferença do próximo baile e pedir aos alunos que falem sobre isso com seus pais. Os convites também devem explicar que o baile será voltado a ajudar as pessoas das comunidades próximas à escola – Ricardo abriu a boca, mas eu continuei a falar. – Você também pode pedir que os representantes da Comissão divulguem isso em suas salas.

– Certo. Mas, antes de qualquer coisa, nós precisamos da autorização do diretor. Sem isso, não dá para fazer nada – ponderou.

– Deixa ele comigo. Vou fazer isso ainda hoje – determinei, confiante.

– Talvez seja melhor se eu for. O diretor já teve muitos problemas com você – argumentou, balançando a cabeça.

– Não – discordei, ofendida. – Eu consigo.

– Teimosa – murmurou com um sorriso nos lábios.

Seu sorriso era muito charmoso. A imagem de sua boca invadiu minha mente, trazendo à memória os beijos que já havíamos trocado. Eu pisquei com força, tentando afastar esses pensamentos. Aquilo não aconteceria outra vez.

– Acho que deveríamos mostrar como é o projeto. Isso causaria mais impacto – ele sugeriu.

– Com fotos? – perguntei.

– Isso.

– Não sei – hesitei. Eu não queria expor ninguém.

– Por que não? As fotos podem mostrar o que é feito lá e ajudariam a conscientizar todos sobre a importância de contribuírem – defendeu.

– É, acho que você está certo – concordei. – Mas o projeto ocorre aos sábados.

– E, graças a *você,* eu tenho mais esse final de semana de suspensão no colégio – fuzilou-me com o olhar.

– Eu também vou estar aqui – revirei os olhos. – Vamos ter que sair escondidos – concluí.

– É arriscado. Se formos pegos, seremos suspensos por mais tempo.

– Ninguém vai descobrir nada – falei, confiante.

– Ricardo! – uma voz estridente chamou nossa atenção. Era Larissa, uma aluna do primeiro ano e um dos casos de Ricardo. – Estava procurando você – reclamou.

Ela se aproximou e, sem nenhum pudor, sentou em seu colo. Ricardo pareceu estranhamente incomodado, embora essa cena fosse bastante comum em seu dia a dia, variando apenas a garota.

– Eu estou ocupado agora, Lari – explicou, empurrando-a gentilmente.

– Com ela? – a garota perguntou, analisando-me dos pés à cabeça. – A roqueira?

Larissa era loira, bronzeada, estúpida e fútil, como a maioria dos casos de Ricardo. Ela havia me chamado de roqueira por causa da minha aparência, não por meu gosto musical. Eu mantinha as unhas pretas, usava lápis de olhos escuros, acessórios pesados de prata e botas escuras até o tornozelo.

– Sim, comigo. Algum problema?

Avancei em direção à garota, que soltou um gritinho. Ricardo me puxou para trás pela cintura. Eu sorri intimamente. Não pretendia machucá-la. Só estava me divertindo.

– Problema nenhum – Larissa resmungou. – O que vocês estão fazendo? – quis saber, cruzando os braços na frente do corpo.

– Nada que seja da sua conta – respondi. Voltei-me para Ricardo. – Acho que acabamos por hoje.

– Tem certeza? Eu posso ficar mais – disse, ignorando os protestos de Larissa.

– Tenho sim. Vou falar com o chefão e depois conto como foi – referi-me ao diretor. Ele entendeu.

– Tudo bem – concordou. – Boa sorte.

Afastei-me, deixando-o ser atacado por aquela Barbie humana. Eu não entendia como ele podia gostar de garotas superficiais e vazias. É claro que todas eram lindas e populares, mas isso era o suficiente? Tentei não pensar mais nisso, lembrando a mim mesma que eu não tinha nada a ver com a vida dele.

XI. Permissão

Esperei sentada do lado de fora da sala do diretor por cerca de meia hora, o que me permitiu ensaiar mentalmente o que eu queria dizer. Ainda que estivesse confiante quando disse a Ricardo que conseguiria convencer o diretor, essa segurança parecia se esvair rapidamente quanto mais próximo chegava o momento de conversar com Alexandre.

Eu tinha que admitir que não merecia a confiança do diretor. Tudo o que fiz, desde que havia chegado ao colégio, foi causar problemas e lhe dar dor de cabeça. Em nossa última conversa, estava certa de que ele havia atingido seu ápice e que me expulsaria. Para minha surpresa, sua fé em mim era maior do que eu conseguia entender.

– Senhorita Oliveira? – chamou a secretária Júlia. – O diretor a aguarda.

O diretor parecia estar de bom humor, o que diminuiu parte do meu nervosismo.

– A que devo o prazer? – perguntou com um ligeiro sorriso nos lábios.

– Eu queria pedir algo– falei, observando um porta-retrato com a foto dele, da esposa e de Mariana sobre a mesa. – Fiquei sabendo que, no final do semestre, a escola oferece um baile aos pais e alunos.

– Sim. Uma forma de confraternização entre as famílias – explicou.

– A minha sugestão é que o próximo baile seja mais do que isso – falei. Seu olhar intrigado pediu para que eu continuasse. – Os convidados poderiam fazer doações para ajudar um projeto que conheço que é incrível e que está passando por dificuldades financeiras.

– Interessante – ponderou por um momento. – E que projeto seria esse? – quis saber.

– Ele ocorre próximo à escola, com crianças carentes, mulheres de rua, alcoólatras e mendigos. Existe um grupo de jovens que oferece alimento e abrigo, mas estão ficando sem recursos conforme aumenta o número de necessitados – contei, analisando sua expressão.

– E que grupo é esse? – perguntou, pensativo.

– É um grupo cristão – respondi, após hesitar.

Eu não considerava essa informação importante. Cristãos ou não, eles estavam fazendo uma coisa boa, e era isso que importava.

– Muitas famílias desse colégio não seguem nenhuma religião – disse o diretor. A mudança em sua expressão me deixou apreensiva.

– Mas o que isso importa? O ponto é ajudar as pessoas dessa comunidade, e é isso que eles estão fazendo! – irritei-me.

– E eu concordo com você, Amanda. Sua ideia é maravilhosa – tentou me acalmar.

– Mas? – eu sabia que havia um "mas".

– Nosso colégio não se posiciona a favor ou contra nenhuma religião – explicou.

– Não tem a ver com isso. Nenhuma família será forçada a doar nada. Todos saberão do que se trata e as contribuições serão voluntárias – esclareci.

"Deus, por favor", pedi em pensamento, assombrada pelas imagens daquelas pessoas e pela possibilidade de não poder fazer nada para ajudá-las. Meu coração estava acelerado, minha garganta seca e uma sensação terrível de impotência me invadia. Eu nunca havia feito nada em minha vida que fosse bom e a primeira oportunidade que encontrava parecia estar em risco.

– Você tem a minha autorização – ele disse, sério e decidido.

– O quê? – eu não sabia se tinha escutado direito.

– Pode colocar sua ideia em prática. Apenas me mantenha informado sobre tudo o que for feito – pediu.

– Obrigada! – agradeci, controlando-me para não pular de felicidade.

– Fico feliz que esteja direcionando sua energia para algo assim – comentou, satisfeito.

Dei um sorriso sem graça e me despedi rapidamente, temendo que ele mudasse de ideia.

Encontrei Paulina e Maíra no caminho de volta para o quarto e contei-lhes sobre a autorização do diretor, e que Ricardo realmente me ajudaria.

– Você viu só, ele não é tão ruim quanto você pensa – provocou Maíra.

– Quem? Ricardo ou Alexandre? – perguntei.

– Ricardo! – riu Maíra. – O diretor, eu sempre achei bacana.

– E agora? – perguntou Paulina. – O que vocês pretendem fazer?

– Ricardo acha que devemos tirar fotos do projeto e das pessoas que serão ajudadas – contei-lhes.

– Seria ótimo! – concordou Paulina.

– Mas isso quer dizer... – deduziu Maíra. – Ah não!

– É, vamos ter que fugir do colégio no sábado – falei.

– Não – gemeu Paulina.

– É o único jeito. Precisamos das fotos o quanto antes para colocar nos convites e estamos de castigo no próximo final de semana – expliquei. – Mas não se preocupem. Eu sou ótima em fugir. Já fiz isso centenas de vezes. Vai dar tudo certo – tranquilizei-as.

No dia seguinte, eu acidentalmente trombei com Ricardo. Para minha surpresa, ele se desculpou e pediu para falar comigo a sós. Maíra e Paulina avisaram que estariam me esperando na biblioteca, pois havíamos combinado de estudar. Eu já desconfiava sobre o que ele queria falar e estava satisfeita por ter uma boa notícia.

– Falou com o diretor? – perguntou.

– Sim – respondi.

– E? Ele deixou? – quis saber, impaciente.

– O que acha? – sorri. – Eu falei que conseguiria, não falei? – provoquei-o.

– Legal – sorriu. Seu sorriso era muito sedutor. – E tudo certo para sábado? – perguntou.

– Tudo. A não ser que você dê para trás – provoquei.

– Eu não vou dar para trás – garantiu.

– Então, é isso – eu tentei pensar em alguma coisa para falar, mas nada me veio à mente.

– Você está estudando para as provas? – ele perguntou. – Ouvi você falando com suas amigas sobre isso.

– É – respondi, estranhando seu interesse.

– Eu ajudo um grupo de estudo com Matemática e Física – ele disse.

– Eu sei.

– Se tiver problemas com essas matérias, aparece lá – convidou, simpático.

– Ah, tá – foi tudo o que consegui dizer.

– Até sábado – despediu-se com mais um de seus sorrisos deslumbrantes.

– Até – forcei um sorriso bobo antes de me afastar.

Depois dessa conversa eu não consegui me concentrar nos estudos, o que deixou Paulina e Maíra bastante frustradas.

Eu estava acostumada ao Ricardo que gostava de me irritar, que havia me prendido em meu quarto para impedir que eu participasse da seleção de torcedoras, que espalhara cópias de um artigo maldoso sobre os casos de minha mãe e que tinha problemas com bebida.

Mas não estava acostumada ao Ricardo simpático, que se desculpava quando dava uma trombada em mim, que se preocupava em ajudar uma comunidade carente e que oferecia ajuda com matérias que eu tinha dificuldade.

É claro que ele ainda era o mesmo cara popular, metido e mulherengo que eu conhecia. A cada dois dias, ele surgia com uma garota nova, e as trocava como trocava de roupa.

Apesar de muitas, elas eram, de certa forma, uma só: bonitas, magras, fúteis, fãs de cor de rosa, patricinhas e burras. Eu não conseguia entender como elas podiam se submeter a serem tratadas como objetos descartáveis.

Na quinta feira, decidi que apareceria em suas aulas de reforço. Tentei me convencer de que estava indo porque não conseguia resolver alguns exercícios da lista de estudo para a prova. E era verdade. No entanto, eu sabia que, no fundo, queria ver como ele dava aula.

Ao me ver, Ricardo pareceu surpreso, como se não esperasse que eu fosse, embora ele mesmo tivesse me convidado. Sua reação me deixou sem graça. Ele pediu que eu me sentasse em uma das cadeiras vazias e explicou qual exercício estava resolvendo.

Havia seis alunos tirando dúvidas com ele. Quatro deles eram da minha sala e eu os conhecia o suficiente para saber que tinham dificuldades em Matemática e Física, enquanto as duas alunas restantes eram garotas do terceiro ano que nem sequer carregavam cadernos ou livros. Elas estavam ali unicamente para admirar Ricardo.

Fiquei impressionada com quão bem ele explicava a matéria e com a dedicação que tinha em garantir que não restasse nenhuma dúvida. Anotei todas as dicas que ele deu sobre os passos para solucionar cada tipo de exercício e me senti aliviada por ter ido a suas aulas de reforço.

Fui uma das primeiras a sair e, quando contei a Maíra e Paulina sobre as aulas de reforço de Ricardo, não consegui disfarçar minha admiração.

– Está tudo bem? – perguntou Paulina, analisando-me atentamente.

– Sim – passei a mão no rosto, tentando tirar qualquer coisa que estivesse em mim. – Por quê? – perguntei, incomodada.

– Tem algo diferente em você – comentou.

– Fome. Vamos para o restaurante antes que acabem com a comida! – brinquei, ignorando propositalmente o que ela havia dito. Eu me sentia diferente, mas eu me recusava a pensar no motivo.

O sábado finalmente chegou e Ricardo e eu agimos normalmente. Fizemos basicamente as mesmas coisas do sábado anterior. Acordamos tarde e, após o almoço, aproveitamos a tarde quente para nos refrescarmos na enorme piscina do colégio.

A inspetora Vilma passava, ora ou outra, como se quisesse nos intimidar, assegurando-nos de que, dessa vez, ela não deixaria que eu provocasse nenhuma confusão.

A principio, eu não me incomodei, porém, com o tempo, suas aparições e olhares acusadores foram se tornando irritantes. Ricardo também percebeu o comportamento da inspetora.

– Será que ela acha que você vai me agarrar de novo? – provocou, divertindo-se.

– Se for isso, ela pode ficar tranquila – retruquei. Ele riu.

– E se a gente brincasse um pouco com ela? – nadou para perto de mim.

– Como?

– Assim...

Ricardo passou a mão ao redor da minha cintura e me puxou para perto. Apoiei a mão em seu peitoral esculpido, separando nossos corpos. Minha respiração se alterou imediatamente. Ele me deixava nervosa.

– O que você está fazendo? – perguntei, séria.

Meu coração acelerou e eu respirei fundo, tentando me manter calma.

– Ela está olhando – murmurou com os olhos fixos em algo atrás de mim.

Ele se inclinou e seus lábios se aproximaram dos meus.

– Não! – empurrei-o, ultrajada.

– Perdeu o humor? – reclamou.

– Foi você quem perdeu o juízo. Quer dar motivo para o diretor proibir tudo o que queremos fazer? – perguntei, aborrecida.

– Calma – pediu, percebendo que eu estava alterada. – Você tem razão – reconheceu, aborrecido.

– É melhor a gente só se encontrar mais tarde. Esteja embaixo das escadas às dez horas em ponto – falei, saindo da piscina em disparada.

Tomei um banho quente, sentindo meu coração desacelerar pouco a pouco. O comportamento de Ricardo havia sido imprudente e inaceitável, quase colocando em risco nosso projeto de ajudar o grupo cristão, mas havia outro motivo para estar tão irritada: a última coisa que eu queria era ser mais uma das garotas que ele usava e descartava. Afinal, ele ainda era *o último homem do mundo* para mim.

XII. Apenas um amigo

Aproveitei o restante da tarde para estudar e me sentei distante de Ricardo na hora do jantar. A inspetora Vilma me vigiou enquanto eu me retirava para o quarto às nove horas.

Aguardei ansiosa durante uma hora e saí em meio à quase total escuridão do colégio em direção às escadas. Ricardo já estava lá, segurando um celular com a lanterna ligada.

– Que roupa é essa? – eu não consegui conter o riso.

Ele usava uma calça verde escura e uma camiseta de exército.

– Camuflagem – respondeu, orgulhoso.

– Na escuridão, a melhor camuflagem é roupa preta – eu disse o óbvio. – Acho que você anda vendo muito filme – brinquei.

– Dá para irmos logo? – apressou-me, irritado.

– Você está levando a câmera? – quis ter certeza.

– Sim.

Não foi difícil escapar do colégio. Os seguranças estavam conversando, desatentos, e logo Ricardo e eu estávamos correndo na estrada deserta. Parei uma ou duas vezes para tomar fôlego e ele me esperou sem reclamar. Eu não estava certa se Davi concordaria que tirássemos fotos das pessoas, mas tentei ser otimista.

O vento frio da noite me fez pensar nas crianças sem roupas quentes. Se tudo desse certo, os recursos doados pelas famílias dos alunos permitiriam comprar agasalhos e alimentos para todos.

– Aqui é meio perigoso, não? – Ricardo perguntou, fitando, com espanto, um grupo de homens que gritavam uns com os outros em um bar próximo.

– Para de encarar e anda mais rápido – puxei-o pelo braço para que se apressasse.

– Você veio aqui sozinha? – perguntou. Eu assenti. – Você é louca?

– Você já devia saber – sorri.

Avistei Davi assim que chegamos na casa em que o grupo de jovens se reunia. Eu reconhecia o rosto dos que ajudavam, porém o número de abrigados parecia ter aumentado.

Após cumprimentar a todos e apresentar Ricardo como um amigo da escola, pedi para conversar a sós com Davi, enquanto os demais continuavam a distribuir sopa e alguns pedaços de pão.

Eu sabia que, antes de tudo, precisava falar a verdade sobre mim. Contei que estudava em uma escola próxima e que, na noite em que nos conhecemos, havia saído escondida para dar uma volta. Revelei que eu não era pobre e, por fim, falei sobre o baile e sobre a minha ideia de ajudar o projeto.

– É muito legal isso que vocês estão fazendo aqui e eu quero ajudar. Essa foi a forma que encontrei – dei de ombros, analisando sua expressão meditativa.

– Glória a Deus por isso! – exclamou com lágrimas nos olhos. – Nossas orações foram ouvidas. Eu nunca devia ter duvidado! – abraçou-me e, em seguida, abraçou Ricardo.

Sua alegria genuína nos contagiou. Davi chamou a atenção de todos e compartilhou a noticia. Os uivos e exclamações de gratidão me emocionaram. Senti vontade de chorar e não sabia por quê.

– Você está bem? – perguntou Ricardo.

– Sim – assenti, incomodada por ele prestar atenção em mim. – Davi – chamei o líder dos jovens. – Nós precisamos tirar algumas fotos para fazer a divulgação do projeto em nossa escola. Tem algum problema?

– Tem algum problema, pessoal? – ele perguntou a todos que estavam ali.

Um sonoro "não" ecoou em meio a risadas. Eu sorri, aliviada. Ricardo tirou a câmera que guardava no bolso da calça e começou a fotografar tudo que representava aquele projeto. Depois de tirar as fotos, conversou com algumas crianças e adultos. Ele era bastante simpático e não parecia ter medo ou nojo de ninguém. Mais uma vez, eu via um lado dele que desconhecia.

Ricardo parecia ser duas pessoas diferentes e eu tentava entender quem ele era de verdade. Não consegui evitar observá-lo à distância e Davi percebeu.

– É seu namorado? – perguntou em voz baixa, mantendo a conversa entre nós.

– Não. Apenas um amigo – respondi. Nós éramos *amigos*? Desde quando?

– Ele parece ser um garoto ótimo – comentou.

– Acho que sim – dei de ombros, desconfortável por falar sobre Ricardo.

– Não é qualquer jovem que faz uma coisa dessas. Sair de seu conforto para ajudar os outros. E as crianças parecem gostar dele – sorriu, vendo uma garotinha passar a mão nos cabelos de Ricardo. Davi percebeu que eu não diria nada. – Já está tarde. Eu posso acompanhar vocês de volta à escola – ofereceu, olhando no relógio.

– Acho melhor não. Obrigada – agradeci.

– Da próxima vez que nos visitarem, por favor, avisem alguém e peçam autorização – pediu, preocupado.

– Boa noite, Davi – despedi-me.

– Deus os abençoe! – desejou com afeto.

Chamei Ricardo e, despedindo-nos rapidamente de todos, voltamos ao colégio. Estava tarde e não havia quase ninguém na rua. A cidade escura trazia uma sensação de perigo que me fez caminhar rápido.

Ao nos aproximarmos do portão do colégio, percebi que um dos seguranças estava atento e decidi esperar. Dez minutos depois, Ricardo, impaciente, resolveu desobedecer minhas instruções e seguiu em frente sem mim.

Certa de que ele seria descoberto, eu tinha duas opções: deixá-lo ser pego ou tentar persuadir o segurança a manter sigilo sobre nossa fuga. Sem pensar duas vezes, fui atrás dele e, como tinha previsto, encontrei-o conversando com dois seguranças.

– Tem outro aqui – um segurança grande agarrou meu braço, puxando-me para perto de Ricardo.

– A dona Vilma não está atendendo. Acho que está dormindo – disse o outro segurança. – Vamos ver se o diretor atende.

– Se eu fosse você, não faria isso. Para o bem do emprego de vocês – adverti-os. Minha ameaça chamou a atenção de ambos.

– Do que você está falando, menina? – perguntou.

– Nós saímos do colégio hoje e vocês nem perceberam. Se avisarem o diretor, nossos pais vão ficar sabendo. Vocês não conhecem a minha mãe, mas ela é a mulher mais exagerada, louca e paranóica que eu conheço. Ela vai fazer questão que os dois sejam demitidos. Afinal, quem pode culpá-la? Vocês estavam distraídos conversando enquanto nós dois saíamos colégio afora. Vocês têm ideia do quanto é perigoso aqui perto? Quantos bêbados, mendigos e assaltantes poderiam ter nos machucado – eu tagarelei enquanto os dois seguranças e Ricardo me ouviam boquiabertos. – Sem mencionar o pai dele – apontei para Ricardo. – É outro que vai fazer questão de mudar a segurança do colégio. É isso que vocês querem? – perguntei, confiante de que eu os tinha convencido.

– Não – resmungou um deles.

– Garota espertinha – disse o outro, ranzinza. – Voltem para o quarto de vocês. E essa noite fica entre nós! Que não aconteça de novo!

Ricardo e eu corremos para dentro do colégio. Tudo havia acontecido tão rápido que eu mal tinha tido tempo de assimilar. Ele quase colocara tudo a perder, pois, se Vilma tivesse atendido a ligação, ou se os seguranças tivessem tido tempo para ligar para o diretor, Alexandre provavelmente teria proibido nossa iniciativa para o próximo baile.

– Obrigado – agradeceu Ricardo.

Ele ligou a lanterna do celular, iluminando o ambiente ao redor. Estávamos embaixo das escadas, que dividiam a ala feminina da masculina.

– Você quase estragou tudo! – reclamei.

– E você foi incrível! – elogiou, admirado.

– Tenho experiência nisso – disse, sentindo-me feliz com seu reconhecimento. – Já fugi de muitos guarda-costas da minha mãe. Com o tempo, a gente vai aprendendo a lidar com eles – dei de ombros.

– Foi bem legal hoje à noite. Não imaginei que o lugar fosse daquele jeito. E todas aquelas pessoas... – ele parou de falar, pensativo. – É inacreditável como a gente não valoriza o que tem e eles ficam tão agradecidos com aquela sopa fria e o pedaço duro de pão.

– É – concordei, surpresa com sua reflexão em plena madrugada.

– Quando você me falou, não imaginei que fosse daquele jeito. Foi bom termos tirado as fotos. Tenho certeza de que todos vão querer ajudar! – continuou, confiante.

Olhei no relógio e me espantei com a hora, pois passavam das duas e meia da manhã.

– Está tarde! Ainda bem que amanhã é domingo. Só vou acordar para o almoço – bocejei.

– Podemos discutir o que faremos a seguir amanhã. Tenho algumas ideias – disse, animado.

– Certo. Boa noite – despedi-me, sonolenta.

– Boa noite.

Deitar em minha cama foi maravilhoso e entrei rapidamente em sono profundo. Naquela noite, eu sonhei. Estava do lado de fora da casa que os jovens cristãos alugavam e quase não a reconheci.

Ela estava pintada, as janelas arrumadas, a porta em perfeito estado e, ao entrar, encontrei uma série de beliches e colchões macios e confortáveis. Uma mesa comprida de madeira ocupava o centro do lugar. Ela estava repleta de sucos frescos e alimentos saborosos. As crianças, homens e mulheres se serviam e os jovens do grupo Cristão os observavam, sorridentes.

Acordei faminta e, após um banho rápido, fui direto para o restaurante. Ricardo chegou pouco depois e se sentou na mesma mesa. Era estranho perceber como nós havíamos passado de inimigos para aliados. E, mais estranho, admitir que formávamos uma boa equipe.

– O que você queria falar sobre o baile?

– Quando propus que tirássemos as fotos eu estava pensando em usá-las anexas aos convites, mas acho que podemos colocar uma ou outra no convite e todas na decoração do baile. Fotos das crianças e das pessoas que estão lá ajudando – disse, animado.

– Você acha que o diretor vai deixar? – perguntei.

– Ele deu autorização, não deu? – sorriu.

– Sim – confirmei.

– Essa semana vou me reunir com os alunos da comissão e contarei o que faremos para o próximo baile.

Continuamos a conversar sobre aquilo por algum tempo e depois aproveitamos as últimas horas da tarde na piscina.

A semana passou rapidamente e eu continuei a estudar para as provas que se aproximavam. Os treinos de futebol também drenavam minhas energias. O campeonato seria contra outra escola de elite do país na última sexta-feira antes das férias e eu, como uma das atacantes, precisava melhorar meus passes, dribles e pênaltis.

Mamãe ficou sabendo de minha iniciativa para o baile através de Alexandre, pois, como eu nunca a atendia, ela ligava para o colégio para saber como eu estava. Na sexta-feira, ela decidiu fazer uma surpresa, vindo me buscar para o final de semana.

– Estou orgulhosa de você! – ela disse, emocionada.

– Não é nada demais – dei de ombros, desconfortável.

– Eu estava com saudades – sorriu, afagando meus braços. – Parece que faz um bom tempo que não a vejo! Você está cada vez mais bonita. Se você se cuidasse um pouco mais ficaria ainda mais linda – disse, analisando minhas unhas.

– Mãe, vamos logo? – pedi, impaciente.

Ela continuou fazendo perguntas sobre a ideia que tive. Contei-lhe sobre a comunidade próxima à escola e sobre o projeto do grupo cristão. Ela perguntou como eu fiquei sabendo daquele lugar, mas seu celular tocou antes que eu precisasse inventar alguma explicação. Ela pediu mil desculpas por ter que me deixar e saiu para uma entrevista da qual havia se esquecido.

– Prometo que vamos sair para jantar mais tarde!

Como sempre, ela não cumpriu a promessa. Eu pouco a vi naquele final de semana e estava acostumada demais a isso para me importar. Tentei combinar de ir ao cinema com Maíra e Paulina, mas as duas tinham compromissos com seus pais. Eu as invejei por terem uma família presente.

Passei o final de semana estudando para as provas que se aproximavam e nunca pensei que estaria tão animada para voltar ao colégio. Mamãe pediu desculpas por não ter me dado atenção e prometeu que o final de semana seguinte seria diferente. Eu não acreditei. Ela fez essa promessa muitas vezes.

Durante a semana, vi o pai de Ricardo procurando o filho. Curiosa pelo semblante inquieto do empresário, decidi segui-lo. Alexandre disse que deixaria ele e o filho conversarem a sós em sua sala.

Assim que o diretor se afastou, avisei a secretária Júlia que Vilma a estava procurando com urgência. A secretária foi verificar o que estava acontecendo, deixando o caminho livre para que ouvisse a conversa com o ouvido colado à porta.

– E como anda meu garanhão? – perguntou a voz grave do empresário.

– Bem, pai. Você sabe, como sempre.

– Você fez bem em terminar com aquela menina. Mariana, certo?

– É.

– Ela era bonita, mas você é muito jovem para ficar com uma mulher só – brincou o pai.

– Por que veio até aqui? – Ricardo soou tenso.

– Recebi o convite do baile desse semestre – disse, sério. – Você não me falou nada sobre essas pessoas que quer ajudar.

– Não sou só eu. Todas as famílias estão sendo convidadas a ajudar – explicou.

– E por que você tem que atrapalhar o baile com essa chatice, Ricardo? Eu vi os pôsteres que você mandou fazer e eles são deprimentes! Não é para isso que eu lhe dou sua mesada! – reclamou.

– É uma boa oportunidade para você mostrar sua preocupação com a parcela desprezada da cidade, associando a imagem da empresa a essa ação social – disse Ricardo, sem se alterar. – Todas as principais famílias do país estarão no baile e você pode mostrar sua liderança em apoiar o projeto.

– É, tem razão – ponderou. – Esse é o meu garoto! – disse, mais relaxado.

– É só isso? – perguntou Ricardo.

– Sim. Tenho uma reunião daqui a pouco. Passei para esclarecer isso.

O som de passos em direção à porta me fez correr para longe dali. Fiquei pensando na conversa de Ricardo com seu pai. Eu o conhecia bem para saber que ele se importava de verdade com aquelas pessoas. De qualquer forma, seu argumento para convencer o deputado a aderir ao projeto havia me impressionado.

Ricardo e eu nos encontrávamos diariamente, por poucos minutos, e ele me atualizava sobre o que estava sendo feito. Nós dois estávamos satisfeitos com o engajamento dos demais alunos ao verdadeiro propósito do próximo baile.

Ricardo e a equipe da comissão tinham convencido todos a divulgarem aos familiares a importância da contribuição financeira para ajudar a comunidade local.

– Estou impressionada com ele – disse Maíra.

– Não exagera – revirei os olhos.

– Ele conseguiu mobilizar todo mundo! – defendeu-o Paulina.

– Ele ainda é o mesmo garoto metido e mulherengo de sempre – falei, decidida.

– Acho que ele só não se apaixonou de verdade – opinou Paulina.

– Isso não justifica uma traição. Ele traiu a Mariana, lembra? – falei, irritada. – E uma vez traidor, sempre traidor! Faz parte do caráter.

– As pessoas mudam, Amanda – discordou Maíra. Eu não acreditava que esse fosse o caso.

As provas bimestrais finalmente chegaram e eu fiquei surpresa comigo mesma ao obter boas notas em todas as matérias. Agradeci às minhas amigas e a Ricardo por terem me ajudado e me dei conta de que, pela primeira vez, eu fazia parte de um grupo e de um lugar. Eu não estava mais sozinha e podia me acostumar a isso.

XIII. A festa de aniversário

Por mais que todos estivessem animados com o baile, o convite para uma festa mais próxima acabou atraindo a atenção dos alunos. Era o aniversário de Ricardo, que ocorreria três semanas antes do baile. Seria uma festa a fantasia na mansão de seu pai que, segundo boatos, estaria viajando a negócios.

– Será que vai ser como no ano passado? – perguntou Paulina, animada.

– Espero que sim! – exclamou Maíra. – Esse garoto sabe como dar uma festa!

– Ouvi dizer que será uma festa à fantasia – Paulina comentou. – Você acha que ele vai convidar todo mundo? – indagou, subitamente preocupada.

– Acho que sim – opinou Maíra com um vinco de tensão na testa, como se não tivesse considerado o contrário.

Eu ouvia em silêncio a conversa entre elas. Há algumas semanas, não teria considerado receber um convite para a festa de aniversário de Ricardo. Porém, desde que nos unimos para colocar em prática a ideia para o próximo baile, nossa relação havia melhorado.

A cada semana que passava, eu via o convite da festa na mão de novos alunos. Paulina recebeu o dela e, alguns dias depois, Maíra. Eu tentava não me preocupar, mas começava a me irritar gradativamente cada vez que via aquele papel na mão de alguém.

– Oi – cumprimentou-me Paulo, amigo de Ricardo. – Tudo bem?

– Tudo e você?

– Também – sorriu, simpático. – Já sabe com que fantasia você vai?

– O quê? – perguntei, lembrando-me em seguida do aniversário. – Ah, não fui convidada – comentei casualmente, disfarçando o quanto estava aborrecida.

– Como não? – estranhou. – Ele disse que convidaria todo mundo.

– Acho que sou a exceção – forcei um sorriso. Ele sorriu de volta, pensativo.

Mais tarde, observei Ricardo entregando convites e me permiti pensar que o meu talvez estivesse a caminho, afinal, eram muitos alunos. Dois dias depois, eu me convenci de que não seria convidada. O aniversário era no dia seguinte e a sexta-feira já estava terminando.

– Oi – aproximou-se Ricardo, enquanto eu esperava o motorista de mamãe.

– Oi – resmunguei, mal humorada.

– A empregada de casa ligou para avisar que os pôsteres chegaram ontem – contou.

– Legal – forcei um sorriso.

– E o que vai fazer de bom no final de semana? – perguntou com um sorriso misterioso nos lábios.

– Ainda não sei – respondi, fitando suas mãos vazias. Ele não segurava nenhum convite. Uma pontada de desânimo me atingiu. – Parabéns adiantado.

– Ah, obrigado – agradeceu, parecendo surpreso. – Não sei se você sabe, mas estarei dando uma festa amanhã.

– Acho que até a faxineira do colégio sabe. Todos estão falando disso – revirei os olhos. Ele riu.

– Se não tiver nada para fazer, aparece lá – disse, retirando um convite de dentro da mochila. Meus olhos nunca cobiçaram tanto um pedaço de papel.

– Tá – foi só o que consegui dizer.

– Até lá, então – disse, afastando-se.

– Espera – chamei. – Por que você está me convidando? – perguntei, arrependendo-me em seguida.

– Eu convidei todos os alunos – respondeu casualmente.

– Mas você convidou com *antecedência* – repliquei.

– Você achou que eu não fosse convidar você? – sorriu, divertindo-se.

– Não é isso! – rangi os dentes. – Só que você não precisa me convidar por educação – expliquei, tentando me manter indiferente.

– Eu não faria isso – assegurou-me, saindo sem dizer mais nada.

Com o convite em mãos, eu não estava certa se queria ir a sua festa. Maíra e Paulina estariam lá, o que era um incentivo para que eu também fosse, mas, ainda assim, não conseguia me decidir. Mamãe viu o convite que esqueci em cima da mesa da sala e, descobrindo minha indecisão, acabou decidindo por mim e me arrastou para uma sessão de compras.

Ela precisava comprar um vestido para a festa do elenco de seu último filme e aproveitou para garantir que eu teria uma fantasia para o aniversário de Ricardo. Ela afirmou que era uma ótima oportunidade para eu fazer amigos e, quem sabe, arrumar um namorado.

– Eu não quero um namorado, mãe – resmunguei.

– Por que não? Toda garota na sua idade quer um – disse, sem entender.

– Eu não preciso ter um homem para ser feliz – alfinetei-a. Ela fingiu não ouvir.

– O que acha desse? – apontou para um vestido rosa de princesa.

– Nem pensar! – fiz uma careta. Será que minha própria mãe não me conhecia?

– Esse? – arriscou uma fantasia de bruxa.

– Não sei – meus olhos foram atraídos por algo especial e eu soube – esse! – exclamei, satisfeita.

Após a compra, tive que procurar um presente para Ricardo. Passando por uma loja de vídeos, acabei escolhendo cinco DVDs de filmes que achei que ele fosse gostar e dei essa tarefa como finalizada.

Mamãe teve que sair cedo para sua festa e acabei perdendo a noção do tempo, assistindo televisão. Quando olhei no relógio, percebi que a festa tinha começado há uma hora. Tomei um banho rápido e me troquei. Liguei para o motorista de mamãe e em menos de meia hora estávamos no lado de fora da mansão de Ricardo.

Seu jardim era do tamanho de uma quadra de futebol e fui recepcionada por um segurança na entrada. Mostrei o convite e, após conferir meu nome em uma lista, ele abriu o portão e deixou o carro entrar. Na porta da mansão, havia outro segurança que realizou o mesmo procedimento. Deixei meu presente com ele e o vi escrever meu nome em uma etiqueta de identificação.

Passada a burocracia, a festa era basicamente igual àquelas que eu via nos filmes americanos. Havia muitas pessoas, algumas dançando, outras bebendo álcool ilicitamente, algumas se beijando e algumas na piscina. O som alto vibrava o ambiente e as fantasias dificultavam reconhecer quem era quem.

– Ei! – uma voz familiar puxou meu braço. Era uma chapeuzinho vermelha que eu conhecia. – Que pontual você é! – censurou-me Maíra.

– Que bom que você veio! – disse Paulina. – Gostei da sua fantasia. – elogiou.

– A sua também está ótima! – retribui. Ela usava uma fantasia de branca de neve e estava muito bonita. – Estou morrendo de fome – falei, dando tapinhas na barriga.

– A comida está ótima! – disse Maíra.

Sem demoras, eu me empanturrei com pizza, churrasco, mini cachorros-quentes e docinhos. Maíra e Paulina, cansadas de me ver comer, avisaram que estariam dançando. Enquanto isso, aproveitei para observar a festa e avistei uma Cinderela furiosa vindo em minha direção.

– O que você está fazendo? – perguntou Mariana, agressiva.

– Comendo – respondi de boca cheia. Alguns farelos escaparam e ela fez uma careta, enojada.

Sua hostilidade me pegou desprevenida. Ela não se dirigia a mim desde que eu mostrara o vídeo de sua traição.

– Aqui. Na festa – esclareceu.

Suas três amigas a cercavam e eu lamentei que Maíra e Paulina não estivessem comigo.

– O mesmo que você – limpei a boca com as costas da mão e pensei na reação de mamãe se me visse fazendo aquilo.

– Acho melhor você ir embora – Mariana falou friamente.

– O Ricardo me convidou. Eu não vou a lugar nenhum – cruzei os braços.

– Você é uma descarada em aparecer aqui depois de tudo o que fez para separar a gente! – acusou-me, subitamente descontrolada. – Aposto que está apaixonada por ele!

– Apostou errado. E não me culpe pelos seus erros. Foi *você* quem estava traindo ele e... – fui interrompida por um braço que atravessou minhas costas e apoiou-se no meu ombro.

– O que está acontecendo? – perguntou Ricardo, puxando-me para perto.

Com uma fantasia de zorro, ele estava muito bonito. Usava uma máscara preta nos olhos, uma longa capa escura amarrada no pescoço e uma espada fina e prateada presa às calças. A mistura de perfume e bebida alcoólica atingiu minhas narinas. Ricardo segurava um copo na outra mão e eu me perguntei há quanto tempo ele estava bebendo.

– Sua ex-namorada estava me dizendo que eu deveria ir embora – lancei um olhar desafiador a ela.

– O quê? – ele riu.

– Eu estava brincando, Ricky – sorriu timidamente. – A festa está ótima como sempre – elogiou.

Ricardo não disse nada e, percebendo seu humor alterado pelo álcool, Mariana se retirou a contragosto com as amigas.

– Você está bem? – Ricardo voltou-se a mim, parecendo preocupado.

– Claro – assenti.

– Mulher gato? – analisou-me da cabeça aos pés. O pano era colado ao corpo e eu senti as maçãs de meu rosto queimarem.

– Quantos copos você já bebeu? – perguntei.

– Uns três ou quatro – respondeu, disperso. – O que achou da festa? – quis saber, observando um grupo de garotos que pulava na piscina.

– Bem animada, mas acho que você deveria ir devagar com a bebida – falei, incomodada. – Desse jeito você estará em coma na hora dos parabéns.

– Ok, mãe – debochou. Eu revirei os olhos.

– Ricky! – uma voz feminina chamou. Era Patrícia, uma aluna do primeiro ano. Loira, magra e fútil como todas as outras. – Você sumiu! – reclamou, dengosa.

– Estava entretendo os convidados, patricinha – sorriu, charmoso.

– Vou deixar vocês a sós – falei, avistando uma branca de neve e indo em direção a ela.

Ouvi Ricardo me chamar, ou talvez tenha sido minha imaginação. A música alta ecoava em meus ouvidos e preferi acreditar na segunda opção. Juntei-me a Maíra e Paulina e dançamos até o momento de cantar parabéns. Como previra, Ricardo cambaleava com um sorriso bobo no rosto, claramente bêbado.

As duas empregadas que ajudaram a trazer o bolo tiveram que servir de apoio a Ricardo enquanto ele fazia um rápido discurso com a voz alterada. Ele agradeceu a presença de todos e pediu que aproveitassem a festa. Assovios e palmas seguiram vigorosamente.

Os convidados foram indo embora pouco depois e, com a saída de Maíra e Paulina, concluí que deveria fazer o mesmo. O relógio marcava duas da manhã, mas eu não sentia sono e sabia que mamãe só chegaria em casa a partir das cinco, na melhor das hipóteses.

– Você veio! – Paulo exclamou. Ele apoiava o braço na parede e as pernas bambas pendiam para frente. O cheiro de álcool estava impregnado nele.

– O Ricardo me chamou de última hora – expliquei.

– Ele disse que estava brincando com você – contou, rindo.

– Brincando? – não entendi.

– Fingindo que não ia convidar para ver sua reação – revelou, apoiando uma das mãos em meus ombros.

– Você deveria ir embora. Já bebeu demais – falei, incomodada com a proximidade.

– Está cedo – reclamou. – Vou pegar algo para beber e já volto – avisou, quase tropeçando nas próprias pernas.

Caminhei pela casa e decidi que, antes de ligar para o motorista, exploraria o lugar. Subi as escadas e fui abrindo as portas. A primeira levava a uma biblioteca. Demorei-me ao analisar os livros e folheei dois deles acomodada em um confortável sofá.

A segunda porta dava para um quarto grande com uma cama de casal *king size*. Julguei ser o quarto de Lucas Miliano.

A terceira porta levava a um escritório, a quarta e a quinta pareciam ser quartos de hóspedes e a última porta só podia levar ao quarto de Ricardo. Entrei sem hesitar, atraída pela curiosidade de conhecê-lo um pouco mais. Havia uma cama, uma porta que presumi que levasse ao banheiro, um grande closet e um mural com dezenas de fotos.

A maioria era dele com seus amigos. Sorri involuntariamente ao ver fotografias de um Ricardo bebê. Ele era bonito desde pequeno. Uma foto destacou-se dentre as demais. Uma senhora muito bonita abraçada a um Ricardo criança. A cor dos olhos e dos cabelos era a mesma. Sua mãe.

O som de descarga me assustou. Eu não podia estar ali. Paralisada, esperei que alguém abrisse a porta do banheiro, sentindo meu coração pulsar com força contra meu peito.

Aguardei alguns segundos e nada. Aproximei-me lentamente, bati na porta e não tive resposta. Girei a maçaneta e fiquei boquiaberta ao encontrar Ricardo ajoelhado e agarrado à privada.

XIV. Um balde de água fria

– Ricardo! – exclamei. Ele levantou a cabeça e me olhou, confuso. – Viu no que dá beber tanto?! – recriminei-o.

– Eu estou bem – resmungou, limpando a boca e se levantando.

– Você quer que eu chame alguém? – perguntei, incomodada por vê-lo daquele jeito.

– Não! – exaltou-se, apoiando-se na pia. – Que horas são? – perguntou, desnorteado.

– Dez para as quatro – falei, surpresa com o passar das horas. Eu tinha ficado muito tempo na biblioteca.

– Você pode pegar um comprimido para dor de cabeça na cozinha? – pediu, massageando as têmporas.

– Claro.

– Está no terceiro armário da direita, na parte de cima.

Desci correndo as escadas e tomei um susto ao ver a quantidade de alunos que dormia nos sofás e no chão. Não havia mais música, nem ninguém acordado por perto.

Encontrei a caixa de remédios e peguei dois comprimidos. Enchi um copo com água e voltei rapidamente. Encontrei Ricardo sentado na cama com a cabeça inclinada entre as pernas.

– Você não está nada bem. Tem certeza de que não quer que eu chame alguém? – perguntei, sem saber o que fazer.

– Sim – pegou os comprimidos, engolindo-os com a ajuda da água.

– Acho que eu vou indo – falei, pensando na reação de mamãe quando descobrisse que cheguei quase de manhã em casa. – Está tarde.

– Não – gemeu, puxando minha mão. Senti cheiro de pasta de dente em sua boca. – Está muito tarde. Você pode dormir aqui – ofereceu.

– Melhor não, obrigada – achei graça.

– É uma bi-cama – indicou a parte de baixo de sua cama.

– Mesmo assim – falei. Ele devia estar louco para sugerir aquilo.

– Então, não vai agora. Fica mais um pouco – pediu. Olhei no relógio, que indicava quatro horas. Mamãe ficaria furiosa.

– Tudo bem – concordei.

Eu devia isso a ele, já que Ricardo estava me ajudando com o baile. Enviei uma mensagem de texto para minha mãe, dizendo que tinha ido dormir na casa de Paulina, para ela não ficar preocupada.

– O que você está fazendo? – perguntou, tentando espiar o que eu digitava.

– Avisando minha mãe.

– Ah – suspirou. Ele parecia sonolento.

– Você deveria dormir – sentei-me ao seu lado na cama.

– Não estou com sono.

– O Paulo me contou que você deixou para me convidar por último de propósito – falei, satisfeita por desmascará-lo.

– Aquele fofoqueiro – balançou a cabeça. – Eu queria ver sua reação quando eu a convidasse.

– Por quê? – eu quis saber. Ele deu de ombros. – Você é um babaca – dei um tapa leve em sua barriga.

Ricardo segurou minha mão, roçando os dedos nos meus. O contato arrepiou meus braços e meu corpo inteiro. Meu coração acelerou e eu prendi a respiração, tensa. Tentei soltar minha mão, mas ele fez força contrária e me puxou perto.

Abri e fechei a boca, sem conseguir dizer nada. Sentia o cheiro de sua pele e do perfume por trás do cheiro forte do álcool e tentava controlar a vontade de pressionar meu nariz contra seu pescoço. Ricardo sorriu. Ele não estava completamente bêbado, mas não tinha plena consciência de suas ações.

– Sua pele é macia – comentou, olhando minha mão e, em seguida, minha boca.

– Ricardo... – eu tentei protestar, prevendo seu próximo movimento. Faltou-me tempo ou, talvez, vontade.

Seus lábios envolveram os meus com uma sede insaciável. A língua morna invadiu minha boca com uma mistura de menta e álcool. Retribuí o beijo, afagando seus cabelos com uma das mãos. Os fios macios roçavam meus dedos enquanto sua língua acariciava a minha.

Eu poderia beijá-lo a noite inteira e admitir isso a mim mesma era assustador. Ele inalou profundamente, sorvendo o cheiro da minha pele, e soltou um gemido de satisfação, trazendo-me para a realidade. Eu não queria ser mais um de seus casos.

– Pára – empurrei-o pelo peitoral definido.

Ricardo envolveu meu rosto em suas mãos e me beijou novamente. Os lábios acariciavam os meus e a língua explorava cada milímetro da minha boca, fazendo meu corpo inteiro reagir.

– Não! – afastei-o, colocando as duas mãos na altura de seu pescoço para impedir uma nova investida.

– Por que não? – perguntou. – É meu presente de aniversário – sorriu, charmoso como só ele conseguia ser.

– Você estava há poucas horas com a Patrícia – lembrei-o, ofegante.

– Ela não é ciumenta – falou em tom de brincadeira. – Você é?

– Entenda uma coisa: eu não sou e nunca vou ser mais um de seus casos! – afirmei, decidida. Ele piscou, sério.

– Tudo bem – assentiu. Seus olhos fixos em minha boca me perturbavam. – É que nosso beijo...

– Eu sei – interrompi, sentindo meus lábios implorando por mais. Sua expressão se transformou.

– Preciso ir ao banheiro – levantou-se em um pulo.

– Vai vomitar de novo? – perguntei, esperando que seu mal estar o ensinasse a não se embriagar mais.

Ele fechou a porta sem me responder e eu o aguardei por alguns minutos. Bocejei, olhando o relógio. Assim que Ricardo voltasse, eu ligaria para o motorista de mamãe. Ele não ousaria contar a ela que horas eu voltei da festa, pois conhecia minha reputação sobre minhas habilidades de fuga.

Mamãe ameaçava demitir os seguranças e motoristas que me perdessem de vista e, embora ela nunca tivesse cumprido a ameaça, era melhor que seus funcionários me tivessem como aliada.

Encostei a cabeça no travesseiro e estiquei as pernas, relaxando na grande e macia cama de Ricardo. Fechei os olhos e respirei fundo, sentindo o sono se apoderar de mim.

Abri os olhos e olhei ao redor. Estava escuro e tive dificuldade em lembrar onde estava. Tateei e meus dedos contornaram um rosto humano. Gritei e tentei sair da cama em um sobressalto, caindo no chão.

– O que foi? – a voz de Ricardo estava sonolenta.

Ele alcançou o interruptor ao lado da cama e eu pisquei para me acostumar à luz.

– Eu dormi? – perguntei, assustada. Olhei o relógio, que marcava nove e meia da manhã. – Eu dormi! – exclamei, atordoada.

– Você dormiu – ele repetiu casualmente, esfregando os olhos com as costas das mãos.

– Por que você me deixou dormir?! – gritei, levantando-me. – Eu disse que não podia ficar!

– Estava tarde e você parecia cansada – falou sem se alterar.

– *Você dormiu comigo?!* – perguntei em choque.

– Odeio a cama de baixo. Eu tinha falado que *você* podia dormir nela – explicou, divertindo-se com minha expressão indignada. – Além disso, não é como se eu tivesse abusado de você. A cama é bem grande – sorriu. Então, ele ficou sério. – Que horas são? – perguntou, tenso.

– Nove e meia – respondi, rabugenta.

– *Nove e meia?!* – gritou, saindo da cama em menos de um segundo.

– O que foi? – estranhei, observando-o andar, de um lado para o outro do quarto, apenas de shorts. Meus dedos cobiçavam tocar os músculos definidos de seu abdômen.

– Meu pai vai chegar aqui daqui uma hora! – contou, alarmado. – Eu coloquei o celular para despertar às oito, mas não ouvi tocando.

– E? – estranhei. – Eu posso ligar para o motorista e ir embora em quinze minutos.

Pensar em encontrar seu pai pela manhã fazia meu estômago revirar.

– Não é isso – gemeu. – Os empregados estão de folga hoje e meu pai não sabe que eu dei essa festa.

– Você deu uma festa na casa do seu pai sem ele saber? – perguntei, sem acreditar.

– Foi o que acabei de dizer – resmungou, impaciente.

– Boa sorte! – desejei, sarcástica. – Está uma bagunça lá embaixo e... – parei de falar.

– E?

– E tem um monte de gente dormindo lá também – contive o riso ao fitar sua expressão assombrada.

– Ah, não! – ele desabou na cama, segurando a cabeça com as duas mãos. – Ele vai me matar.

– Você ainda tem uma hora. Dá tempo de arrumar. Eu acho – tentei animá-lo.

– Você me ajuda? – perguntou, levantando-se e segurando meus ombros com força. – Por favor – pediu. Meu coração amoleceu com seu olhar doce e eu suspirei, assentindo que sim.

Descemos rapidamente e achei graça da expressão de Ricardo quando se deu conta de quantas pessoas estavam dormindo nos sofás e no chão. Eu não havia reparado antes, mas todos eram meninos. As meninas provavelmente estavam em suas casas, já que suas mães não permitiriam que dormissem fora. Pensei em mamãe e afastei o pensamento. Ela também ficaria furiosa se descobrisse que eu ainda estava ali.

– Acorda!

Ricardo balançou um dos meninos com força, mas não houve reação. Fez o mesmo com outro e outro. Nenhum se moveu. Todos tinham bebido muito.

– Tive uma ideia – falei. Fui à cozinha e voltei com uma panela funda cheia de água fria.

– Isso é mancada – balançou a cabeça.

– Você prefere esperar que seu pai os acorde com os gritos dele? – perguntei, sarcástica.

– Água neles! – ordenou como um general, e eu virei a panela, despejando parte da água.

O primeiro garoto acordou imediatamente, agitando os braços como se estivesse se afogando. Seu olhar passou de mim para Ricardo, confuso e irritado. Ricardo explicou a gravidade da situação e o garoto concordou em ajudar. Continuei a acordar os outros da mesma maneira e, à medida eram informados sobre o que ocorria, passavam a ajudar na limpeza da casa.

Havia cerca de dez pessoas, além de Ricardo e eu, o que tornou a tarefa de arrumar o local mais simples do que eu imaginara. Recolhemos as latas de cerveja, as garrafas de whisky, vinho, e vodka, as comidas e lixos deixados pela casa. Depois limpamos superficialmente os móveis, colocando-os em seus devidos lugares, e os garotos se despediram.

– Que horas são? – perguntei enquanto arrumava as almofadas no sofá.

– Dez e vinte – respondeu, aliviado.

– Eu já liguei para o motorista. Ele deve estar chegando – avisei.

– Obrigado – agradeceu.

– Não foi nada – falei, reparando na casa que, arrumada, era ainda mais bonita do que eu me lembrava. – Essa casa é linda.

– Também acho – sorriu.

– Só moram você e seu pai aqui? – indaguei, tentando não encarar sua boca. A lembrança do beijo da noite anterior era vívida.

– Sim.

– E sua mãe? – perguntei, percebendo o efeito dessa palavra em seu semblante glacial. O som distante de buzinas avisou que o motorista chegara. – É a minha deixa – sorri. Ele sorriu de volta, sem traços da tensão de segundos atrás.

Ricardo me acompanhou e agradeceu mais uma vez pela ajuda, despedindo-se com um beijo no canto da minha boca. Ao me afastar, encontrei seu olhar intenso e enigmático e fiquei sem ar. Ele acenou enquanto o carro se afastava, e eu tentei não pensar nas últimas horas, passando a mão involuntariamente no canto da boca que ele havia beijado.

XV. Ciúmes

Ao chegar em casa, mamãe estava dormindo. Ela também devia ter chegado tarde de sua festa. Decidi descansar mais um pouco, pois dormira pouco e a limpeza durante a manhã me deixou exausta. Achei que minha mãe não estaria mais lá quando acordasse, mas encontrei-a deitada no sofá. Ela conversava ao telefone e parou de falar assim que me viu.

– Ligo mais tarde – disse com os olhos atentos em mim. – Isso mesmo. Tchau.

– Oi – eu disse.

– Como foi a festa? – perguntou.

– Foi boa – respondi vagamente.

– E o seu colega gostou dos DVDs? – perguntou.

– Não sei ainda – dei de ombros.

– Por que decidiu dormir na casa de sua amiga? – quis saber. Seus olhos grandes me estudavam e eu me esforcei para agir com naturalidade.

– Foi ela quem pediu. Disse que precisava de conselhos – falei, satisfeita com minha atuação.

– Conselhos? – estreitou os olhos.

– É, mãe, conselhos. – repeti, soando mais irritada do que pretendia. – Ela está gostando de um cara do colégio e queria conversar.

– Hum... – assentiu, parecendo acreditar. – Já jantou?

– Não. O que temos aí? – perguntei, animada não só pela mudança de assunto, mas também porque estava faminta.

– A Luíza fez lasanha – sorriu, sabendo que era meu prato favorito. – Estou indo ao cabeleireiro – avisou, dando-me um beijo na testa.

Minha mãe não passava muito tempo em casa desde que se tornou famosa e, com o passar dos anos, eu me acostumei a isso. Sua fama também me ensinou a lidar com fotógrafos, seguranças e muitos empregados. A lembrança de nossos anos de pobreza parecia distante e, ironicamente, mais feliz.

Aguardei ansiosamente o momento de ir ao colégio e acabei chegando às cinco e meia. Fui direto para o quarto, à procura de minhas amigas, embora soubesse que elas costumavam chegar depois das oito, antes do nosso toque de recolher.

Quando finalmente apareceram, contei sobre a embriaguez de Ricardo e que acabei adormecendo enquanto eu o esperava sair do banheiro. Comentei sobre a correria para arrumar sua casa antes que seu pai chegasse, mas preferi não falar sobre o beijo que demos em seu quarto. Afinal, não significou nada.

– O pai dele não sabia da festa? – Paulina perguntou, chocada.

– Ele é mais doido do que eu imaginava! – comentei com um sorriso nos lábios.

– E vocês dormiram abraçadinhos? – provocou Maíra.

– Não! – fiz uma careta, embora a imagem não fosse tão repulsiva quanto eu fingia ser. – A cama era grande.

Encontrei Ricardo durante o café da manhã no dia seguinte, cercado por seus amigos e suas admiradoras. Ele inclinou a cabeça ao me ver em cumprimento e eu fiz o mesmo. Nossa relação havia evoluído bastante desde que nos conhecemos e éramos quase amigos.

A palavra me fez estremecer. "Amigos não se beijam", minha consciência alfinetou. Não fazia sentido mentir para mim mesma e dizer que ele não mexia comigo. Ricardo era bonito, inteligente, charmoso, e seus beijos roubavam meu chão.

Observei Patrícia, a aluna com quem ele estava naquela semana, envolver seus braços longos e finos ao redor de seu pescoço. Fechei os punhos automaticamente. Ricardo conversava descontraído e, ao cruzar com meu olhar, suas feições ficaram sérias. Eu desviei o olhar, constrangida por ter sido pega encarando.

As provas finais ocorreriam em três semanas e passei a tarde estudando na biblioteca com minhas amigas. À noite, na sala de jogos, reparei que o único assunto era a festa de aniversário de Ricardo. Boatos de que eu havia passado a noite em sua casa espalhavam-se rapidamente e eu percebia os olhares e cochichos por onde quer que fosse.

Algum dos garotos que me viu na manhã do domingo devia ter comentado algo. Ou teria sido Ricardo? Senti um nó na garganta e um gosto amargo de traição.

Na terça-feira, a história havia aumentado de proporção e, na última versão, ouvida por Maíra, eu estava de lingerie quando saí do quarto de Ricardo.

– Sinto muito – disse Paulina, aborrecida.

– Não ligo para o que as pessoas pensam. Ligo para o que as pessoas que eu *gosto* pensam. E vocês duas sabem a verdade – falei, sincera. Elas sorriram e me abraçaram, emocionadas. – Parem com isso! – protestei, rindo.

Embora eu não ligasse para a opinião dos outros, a possibilidade de ter sido Ricardo que espalhou o boato me deprimia. Eu não conseguia entender por que ele faria algo assim depois de tê-lo ajudado com a limpeza da casa.

Enquanto guardava o material em meu armário, Ricardo apareceu para falar comigo. Ele estava sozinho e seu semblante tenso formava um vinco em sua testa.

– Oi – cumprimentou.

– Oi – respondi, sem ânimo.

– Está tudo bem? – perguntou.

– Sim – menti. – Foi você quem espalhou que eu dormi na sua casa? – perguntei, sem rodeios.

– Claro que não – franziu o cenho, parecendo aborrecido por eu achar que tinha sido ele. – Não sei quem foi, mas já falei que não aconteceu nada e que o que estão dizendo é mentira.

– Obrigada – agradeci. Era como se um peso tivesse sido tirado de cima de mim.

– E como foi com sua mãe? Ela achou ruim o horário que chegou? – quis saber.

– Ela acha que eu dormi na casa da Paulina – expliquei.

Estávamos apenas nós dois no corredor das salas de aula. Os alunos já deviam estar no restaurante.

– Eu gostei dos DVDs – disse, fazendo-me corar.

– Que bom – sorri, satisfeita.

– Ontem à noite, eu me lembrei de você virando aquela panela com água fria – contou com uma expressão de garoto travesso.

– É, foi divertido – concordei, não indiferente à revelação de que ele tinha pensado em mim. – E o seu pai?

– Não desconfiou de nada – respondeu, satisfeito. – Esqueci de perguntar, o que você estava fazendo no meu quarto?

– Explorando sua casa – confessei.

– Acabei esquecendo de mostrar os pôsteres – lamentou, dando um passo adiante. Minhas costas tocaram a superfície do armário.

– Você mostra depois – murmurei.

Ele estava próximo e o cheiro delicioso de seu perfume dificultava meu raciocínio. O som de passos o fez se afastar.

– O que estão fazendo aqui? – o olhar minucioso da inspetora Vilma nos analisou da cabeça aos pés.

– Meu armário não estava abrindo e Ricardo me ajudou a consertá-lo – pensei rápido.

– O armário está fechado agora – disse, séria.

– É que eu acabei de fechar. Já guardei meu material – abri um sorriso inocente. Ela me conhecia o suficiente para não acreditar.

– O almoço está sendo servido – arqueou as sobrancelhas, ordenando-nos, sem sequer precisar falar, que nos juntássemos aos outros.

– Vamos? – Ricardo chamou.

– Sim.

Ricardo sentou-se com seus amigos e eu me uni à Paulina e Maíra, que não deixaram de notar que eu chegara com ele. Contei brevemente nossa conversa e elas se alegraram ao saber que ele desmentiu o boato sobre mim.

A semana passou rapidamente e eu começava a lamentar que as férias estivessem se aproximando. É claro que eu estava ansiosa para a chegada do baile, não pela festa, mas porque sabia o que o evento significaria para o projeto cristão. Por outro lado, eu estava me acostumando ao colégio.

A despeito da minha aversão inicial, a rotina do Educação de Elite não era tão ruim. As conversas com minhas amigas alegravam meu dia e eu me saía bem na maioria das matérias.

Além disso, havia Ricardo. Eu gostava quando nossos olhares se encontravam e isso se tornava mais frequente. Era cada vez mais difícil ignorar o que estava acontecendo.

Antes eu não me importava em vê-lo abraçando ou, quando a inspetora Vilma não estava por perto, beijando alguma menina. Não sei bem a partir de quando deixei de ser indiferente a isso, mas presenciar seus casos amorosos se tornava cada vez mais insuportável.

Eu procurava me sentar de costas para ele no restaurante e evitava a sala de jogos ou de filmes antes de dormir. Tentei negar que sentia ciúmes, mas era inútil mentir para mim mesma. Não demorei a descobrir que o sentimento era mútuo.

– Oi – disse Paulo, sentando-se na cadeira ao lado. Eu tomava sol, enquanto Paulina e Maíra se refrescavam na piscina.

– Oi – respondi, estranhando sua seriedade. Ele costumava ser bastante simpático. – O que foi?

– Não é verdade o que estão dizendo, é? – perguntou.

Embora tivesse bebido muito, ele não tinha dormido na casa do amigo após o aniversário.

– O que você acha? – perguntei friamente.

– Que não – falou, incerto. – O Ricardo disse que não é.

– Não é – deixei claro.

– Que bom – sorriu.

– E aí? – Ricardo aproximou-se, sentando na cadeira do meu outro lado.

– E aí – repeti.

– Vai fazer algo no sábado à noite? – perguntou Paulo.

– Hãm? – fui pega desprevenida.

– Claro que ela vai – Ricardo respondeu por mim.

– Eu vou? – perguntei, achando graça.

– Não vai? – aquilo parecia uma brincadeira.

– Por que você está dizendo que vou? – provoquei.

– Você vai ou não? – perguntou Paulo, confuso.

– Não – respondi. Ricardo estava sério e eu o analisei com interesse.

– Ótimo – Paulo sorriu, satisfeito. – Quer ir ao cinema comigo?

Meu primeiro impulso era dizer não. Eu não gostava do Paulo. Não daquele jeito. Ele era bonito e simpático, mas era tão mulherengo quanto Ricardo e havia se embriagado tanto quanto o amigo no dia da festa. Além disso, eu não achava que ele gostava de mim de verdade, o que me encorajava a recusar o convite.

E teria feito isso se não fosse o comportamento de Ricardo, que estava evidentemente irritado com tudo aquilo. Saber que ele também sentia ciúmes de mim era irresistível. Eu precisava ter certeza, testá-lo e, de certa forma, mostrar a ele como eu me sentia.

– Pode ser – forcei um sorriso. – Anota meu celular.

– Mas a gente não ia sair junto esse sábado? – Ricardo reclamou com o amigo.

– As damas primeiro – Paulo deu uma piscada, passando-me o celular para que eu digitasse meu número.

– Achei que você fosse sair esse sábado com a Débora – continuou Ricardo.

– Não! Eu nem saio mais com ela – Paulo lançou faíscas pelos olhos, mas Ricardo não se intimidou.

– Vejo você sábado – falei com uma falsa animação.

Paulo sorriu e, satisfeito, deu um mergulho na piscina. Rodolfo também nadava e os dois apostaram quem era mais rápido. Ricardo e eu nos olhamos. Ele estava irritado e não fez questão de disfarçar.

– Achei que você não quisesse ser *mais uma* – disse como em um insulto.

– O que você tem a ver com isso? – arqueei a sobrancelha.

Ele me lançou um olhar de desprezo e saiu sem dizer mais nada. Observei-o se afastar, refletindo se tinha feito a coisa certa. Eu não sentia vontade de ir ao cinema com Paulo, mas a reação de Ricardo me motivara a aceitar aquele convite.

– O que acabou de acontecer aqui? – Maíra se aproximou, curiosa.

– Paulo me convidou para ir ao cinema no sábado – contei, impassível.

– E você aceitou? – perguntou, surpresa.

Ela se estirou na cadeira ao lado e esperou por uma resposta. Eu assenti em meio a um suspiro.

– Você gosta dele? – estranhou.

– Ele é legal – tentei me justificar. – E sempre me tratou bem.

Paulina chegou e as duas conversaram, animadas, especulando sobre como seria meu encontro com Paulo. "Encontro" era uma palavra forte demais e fazia meu estômago embrulhar. Eu não queria encontro nenhum, muito menos com ele, mas era tarde demais.

XVI. Simplesmente irresistível

Ao chegar em casa, o bom humor de mamãe chamou minha atenção. Conhecendo-a bem, presumi que se tratava de um novo namorado. Com dezesseis anos de convivência, eu reconhecia facilmente os sinais.

As primeiras semanas eram de euforia. Mamãe parecia uma adolescente apaixonada. Já as semanas finais eram de melancolia, como se uma nuvem negra tivesse se assentado sob sua cabeça.

Eu não perguntei e nem queria saber quem era o cara. Talvez um ator, diretor ou empresário famoso. O final era sempre o mesmo e, quanto menos eu estivesse envolvida, melhor.

– O que vai fazer amanhã? – quis saber.

– Acho que vou ao cinema. Por quê? Quer fazer algo? – perguntei, esperançosa em ter uma desculpa para não sair com Paulo.

– Não. Tenho um compromisso – falou, e eu soube que se tratava de seu novo caso. – Queria apenas saber. Você vai com alguma amiga?

– Não, com um garoto do colégio – respondi casualmente.

– Um garoto? – seus olhos brilharam. – Eu conheço? – perguntou, parecendo muito interessada.

– Não, mãe. Claro que não.

Ela só conhecia Ricardo, pois foi chamada por Alexandre depois que invadi o quarto dele e o beijei.

– Tem certeza? Qual o nome dele? – insistiu.

– Paulo – respondi, sem entender seu comportamento.

Mamãe não fez mais perguntas depois disso e pareceu aliviada. Talvez estivesse assim porque eu finalmente tinha encontrado alguém. Na visão dela, eu não seria feliz até que tivesse um namorado.

Paulo me ligou no sábado e combinamos de nos encontrar às cinco no cinema. Sem vontade nenhuma, praguejando a mim mesma, fui encontrá-lo e quase tive um infarto quando vi que Ricardo estava com ele. Pior, Patrícia também estava lá.

– Oi – cumprimentou Paulo, beijando meu rosto.

– Oi – falei, forçando um sorriso.

– Oi – disse Ricardo, com um sorriso de orelha a orelha.

– Não sabia que vocês vinham – disparei.

– O Ricardo perguntou que filme íamos assistir e decidiu que também viria – contou Paulo, soando tão desgostoso quanto eu me sentia.

– Vamos? – apressou-nos Patrícia. – A sessão já vai começar.

Sentamos todos juntos. Paulo comprou pipoca e eu me senti mais segura por ter um balde grande para ocupar minhas mãos e encher minha boca. Eu não queria que ele fizesse nenhuma investida e, quanto mais eu pensava nisso, mais concluía quão ingênua havia sido ao aceitar sair com ele. Era óbvio que ele queria ser mais do que meu amigo.

Tive que me policiar para não ficar espiando Ricardo e Patrícia durante a primeira metade do filme. Na segunda metade, um minuto de desatenção foi suficiente para que eu os visse se beijando. A imagem me deixou nauseada. Precisei sair da sala com a desculpa de que iria ao banheiro.

– Amanda – Ricardo apareceu atrás de mim.

– O que você está fazendo? – disparei, sem conter minha raiva.

– Vim comprar coca – respondeu, defensivo.

– Você sabe do que estou falando – revirei os olhos.

– Só você pode vir ao cinema? – debochou.

– E você tinha que vir no mesmo cinema e horário que a gente? – coloquei as mãos na cintura.

– Você queria ficar sozinha com ele? – perguntou, sério.

– Não!

Ele sorriu.

– Só não consigo assistir o filme direito com vocês do lado se agarrando! – desviei o olhar, tentando esconder o quanto estava incomodada.

– Por que você está aqui? – quis saber. – Por que aceitou ir ao cinema com ele? – continuou.

– Por que você se importa? – perguntei.

Ele comprimiu os lábios e desviou o olhar. Sem resposta, voltei para a sala de cinema. Durante a segunda metade do filme, Paulo se espreguiçou e passou o braço por trás das minhas costas. Eu congelei, sem saber como demonstrar que não estava interessada.

Para a minha sorte, Ricardo começou a fazer comentários sobre o filme cada vez que Paulo se inclinava em minha direção. Eu ficaria grata, se não estivesse irritada com ele. De todo modo, consegui sair ilesa do filme e fomos jantar em um restaurante sugerido por Patrícia.

O local era elegante e sério para quatro jovens relaxarem em um sábado à noite, mas eu estava tão satisfeita por ter saído daquele cinema, que não reclamei. Conversamos sobre o baile, que ocorreria no sábado seguinte, sobre as provas finais e sobre os planos de cada um para as férias.

– Vou com minha família para Nova Iorque – contou Paulo.

– Eu ainda não sei – disse Patrícia. – Meu pai quer ir para Cancun, mas minha mãe prefere Paris.

– Meus avós moram em Fortaleza, em uma casa na praia, e sempre passo as férias com eles – contou Ricardo. – E você? – ele me perguntou.

– Vai viajar com sua mãe? – Patrícia quis saber.

– Não. Ela trabalha bastante – comentei vagamente.

A última viagem que mamãe e eu tínhamos feito juntas foi há quatro anos atrás, após a morte da minha avó materna. A dor de perdê-la nos abalou muito e minha mãe propôs que passássemos alguns dias na praia. Desde então, ela só viajou a trabalho. Não fazia sentido que ela tivesse tanto dinheiro e tão pouco tempo para o lazer ou para mim.

– Vocês estão cansadas? – Ricardo perguntou, olhando diretamente para mim.

– Não – Patrícia respondeu prontamente. – O que tem em mente?

– Conheço uma balada ótima aqui perto. Podíamos ir – sugeriu, aguardando minha resposta.

– Agora? – perguntei. A ideia de prolongar a noite não era animadora.

– Sim! – animou-se Patrícia.

– Vamos! – disse Paulo.

– O que acha? – Ricardo se dirigiu a mim. Seu olhar sedutor me fez concordar.

Pegamos um táxi até o local, que estava com uma fila quilométrica. Ricardo não pareceu preocupado. Ele nos levou até a entrada e, apertando a mão de um dos seguranças, conseguiu que nos deixassem passar na frente de todos.

A balada estava lotada e mal havia espaço entre as pessoas. Paulo segurou minha mão, fazendo com que eu me arrependesse de não ter ido direto para casa. Felizmente, algumas pessoas trombaram em nossos braços, rompendo o contato.

As luzes eram intensas, vermelhas e azuis. Olhei ao redor, observando um casal que brigava e, quando voltei a olhar para frente, percebi que havia me perdido dos outros. Peguei meu celular e liguei para Paulo, mas não houve resposta. Era a oportunidade perfeita para escapar dali.

Caminhei em direção à saída e fui parada por uma mão, segurando meu braço. Virei-me e mal acreditei quando vi Ricardo. Ele me fitava, mais sério do que tinha estado durante toda a noite.

Eu esperei que dissesse algo, mas ele permaneceu emudecido. Uma música envolvente começou a tocar e um grupo de meninas esbarrou em mim, fazendo com que eu desse alguns passos para frente, parando com o corpo colado ao dele. Ricardo não se moveu.

Seus olhos dividiam-se entre os meus olhos e minha boca. Pressionei os lábios como um reflexo natural. Meu coração acelerado pulsava, acompanhando as batidas da música. Uma corrente elétrica parecia nos conectar e prender um ao outro.

– Onde estão os outros? – perguntei, cansada daquela tensão angustiante.

Ele segurou minha mão, entrelaçando os dedos nos meus, e começou a me guiar. Desejei não ter feito a pergunta. Eu não queria voltar para os braços de Paulo, e ser levada por Ricardo a fazer isso era ainda pior.

Ultrapassamos os banheiros e continuamos em direção a uma pequena porta ao fundo. Perguntei-me o que Paulo e Patrícia estariam fazendo naquele lugar. Ele empurrou a porta e um sopro refrescante atingiu meu rosto. Estávamos ao ar livre, do lado de fora da balada, onde os empregados deixavam alguns cestos grandes de lixo empilhados para a coleta.

O local estava deserto. Antes que eu perguntasse por que estávamos ali, Ricardo me prendeu contra a porta atrás de mim e me beijou ardentemente, fazendo todo meu corpo queimar.

Sua boca tinha um gosto doce de bebida e eu senti cheiro de álcool em seu corpo, misturando-se ao perfume e ao delicioso cheiro de sua pele. Eu tentei empurrá-lo, porém ele reagiu, comprimindo-me ainda mais e segurando minha nuca.

O beijo era urgente e intenso, fazendo com que eu quase me rendesse. A luz era fraca e a música era tão forte que fazia a porta tremer.

– Não! – empurrei-o com toda a força física e mental de que dispunha. – Você está bêbado!

– Não estou, não. Olha – ele fez um quatro com as pernas. – Estou ótimo – seu olhar era indecifrável. – Sei exatamente o que estou fazendo – garantiu-me.

– Então, você sabe o quanto isso é errado – falei, sem entender como ele podia se comportar daquele jeito. – Você veio com a Patrícia e se beijaram várias vezes durante o filme.

– Foi *ela* quem me beijou – corrigiu.

– Dá na mesma – bufei. – Você não devia ter me beijado! – meus lábios discordavam.

– Eu culpo você! – falou, alterado.

– O quê?!

– Foi você quem me beijou primeiro, aquele dia no meu quarto. E depois de novo, na piscina – explicou. O bolso de Ricardo vibrou.

– É o Paulo – ele resmungou. Peguei meu celular e vi algumas chamadas perdidas.

– Ele me ligou também – comentei, aborrecida.

Embora não tivesse intenção de ficar com Paulo, parecia que eu o estava enganando.

– Você não vai atender? – perguntei, apesar de não estar certa se era isso que eu queria.

– Não.

– Que amigo você é! – disparei.

– Eu já deixei de ficar com várias meninas que ele queria, para que elas ficassem com ele. *Você,* não – declarou, deixando-me boquiaberta.

– O quê? Nós não estamos...

Antes que eu terminasse a frase, Ricardo me beijou novamente. Dessa vez, o beijo era menos urgente, mais doce e demorado, como se ele desejasse aproveitar cada segundo daquele contato íntimo. Esmurrei seu peito, demonstrando minha oposição, mas, no fundo, eu não tinha vontade de parar.

– Nosso beijo é *irresistível* – murmurou, deixando um rastro de beijos em meu pescoço e provocando arrepios em meus braços. – Você não pode negar isso.

Eu permaneci calada, lidando com uma guerra que era travada dentro de mim. Sim, nosso beijo era irresistível, e nossa química era, sem dúvida, de outro mundo. Eu gostava de beijá-lo e ele sentia o mesmo. Éramos solteiros e não havia nenhum empecilho para ficarmos juntos, a não ser o fato de que ele estava a cada semana com uma garota diferente.

E era esse o problema. Eu não queria ser mais uma em sua lista, não queria ter que dividi-lo com outras garotas e não queria me envolver com alguém em quem eu não confiava. Afinal, eu o considerava um mulherengo infiel e mentiroso que havia traído a ex-namorada. Ricardo era *o último homem do mundo* que a minha consciência escolheria.

– Não importa – afirmei. – É melhor eu voltar para casa. Está tarde.

– Eu levo você – ofereceu, discando no celular.

– Não – protestei, mas ele já falava com seu motorista.

Ricardo segurou minha mão antes de sairmos dali. Pegamos a longa fila para pagar a conta e ele fez questão de pagar minha entrada. Temi que encontrássemos Paulo ou Patrícia no caminho, mas o local estava muito cheio e as luzes coloridas dificultavam a visão.

Quando saímos, o motorista estava lá. Entrei no banco traseiro e Ricardo se sentou do meu lado, passando a mão atrás das minhas costas, como Paulo tinha feito no cinema.

Ele deslizou para perto até que nossas pernas estivessem encostadas e virou o corpo em direção a mim. Começou a chover logo em seguida e os pingos ensopavam a janela do carro.

– Acho que devíamos mandar uma mensagem, avisando que fomos embora – sugeri. Eu gostava do cheiro da pele dele e controlava o desejo de me aproximar de seu pescoço. – Eles devem estar preocupados.

– Tem razão – concordou, digitando no celular. – Pronto – sorriu.

– Você não precisava me levar em casa – falei, confusa com o desenrolar da noite.

– Você não precisava ter ido ao cinema hoje com o Paulo – seu semblante mudou de repente.

– Isso é assunto meu – deixei claro.

– Você gosta dele? – perguntou. Sua voz estava fria como gelo.

– Não.

– Então, por que veio? – quis saber.

– Não posso sair com quem eu quiser? – achei graça. Ele não respondeu. – A Patrícia vai ficar furiosa com você – comentei.

– Eu não dou a mínima para o que ela vai achar – retrucou.

– Por que você faz isso? Por que é desse jeito? – perguntei, revoltada. – Está com uma garota a cada semana, mas não se preocupa com nenhuma. Apenas as usa como se fossem figurinhas de um álbum que quer completar. Como hoje, que você chamou a Patrícia para sair e deixou ela sozinha – critiquei. – Sem falar da bebida, que você sempre exagera – continuei.

Ele me fitava, surpreso. Eu não sabia o que ele estava pensando, ou se me odiaria por falar aquelas coisas, mas eu precisava desabafar.

– Você parece ser tão superficial, idiota e egoísta, mas, às vezes, parece que é outra pessoa completamente diferente – completei.

E eu gostava daquele outro lado dele. Muito mais do que eu queria admitir. Eu gostava do Ricardo que se preocupava com os outros, que era gentil e atencioso, como ele tinha sido com as crianças atendidas pelo grupo cristão, ou com os alunos que ele ajudava nas aulas de reforço.

– Diferente?

– Melhor.

O carro parou na frente do meu condomínio e o motorista limpou a garganta, anunciando a chegada.

– Obrigada por me trazer – agradeci. – Boa noite – deslizei para fora do carro.

– Espera – pediu, vindo atrás de mim e me segurando pelo pulso.

– O que...

Sua boca envolveu a minha em um beijo com gosto de chuva. Ricardo segurou um dos meus pulsos atrás das costas e eu tentei empurrá-lo com a mão livre. Ele nem sequer se moveu e minha mão repousou em seu peitoral esculpido, que era molhado rapidamente com os pingos que caíam.

XVII. O último homem do mundo

Quando cheguei, encontrei mamãe no sofá, assistindo a seu último filme. Ela parecia relaxada e feliz, o que era um indício de que o encontro com seu novo caso tinha sido agradável. Ela estranhou quando me viu, e eu percebi que ela não sabia que eu não tinha voltado.

– Você só está chegando agora? – perguntou, preocupada.

– Fomos jantar depois do cinema – contei casualmente. – Depois fomos para uma balada.

– Você sabe que tem que me ligar quando for chegar tarde – reclamou.

– Mãe, você nem sabia que eu não estava aqui – retruquei.

– Eu achei que estivesse! – defendeu-se.

– Sei. Boa noite – despedi-me.

– Calma. Como foi? – perguntou.

– Foi normal – dei de ombros.

– Ele é bonito?

– Sim.

– Legal?

– É.

– Tratou você bem?

– Claro.

– Então?

– Então, o quê? Mãe, foi só uma saída. Havia até outras pessoas do colégio lá – falei. O brilho em seu olhar se apagou. Ela não disfarçava o desejo em me ver com um namorado. – Boa noite.

– Boa noite, querida.

Joguei-me na cama e estiquei os braços, sentindo meus músculos relaxarem. A noite havia sido longa e minha mente acelerada me impedia de descansar. Ricardo e eu tínhamos nos beijado. De novo. Isso parecia se tornar um hábito.

"Nosso beijo é irresistível. Você não pode negar isso", suas palavras ecoavam em meus ouvidos. Toquei meus lábios com as pontas dos dedos. Eu ainda conseguia sentir o cheiro delicioso dele em minha pele, boca e pescoço. Eu nunca deveria tê-lo beijado em seu quarto ou na piscina. Ou talvez isso tivesse sido a melhor coisa que fiz em muito tempo.

Acordei tarde no dia seguinte e passei o dia assistindo a filmes na televisão. Voltei ao colégio à noite e, antes mesmo de deixar minha mala no quarto, Paulo veio falar comigo. Seu semblante magoado fez com que eu me sentisse culpada. Eu precisava ser honesta com ele.

– O que aconteceu? – perguntou.

– Estava cansada e achei melhor ir embora para casa – expliquei.

– Tudo bem – abriu um sorriso apagado. – Eu gostei da noite.

– Foi legal – concordei.

– Acha que na sexta podemos sair de novo? – propôs. Eu gemi por dentro.

– Olha, Paulo – aquilo era difícil. – Você é muito legal e eu gosto mesmo de você, mas como um amigo. Por isso, acho melhor não.

– Ah – ele parecia ter levado um tapa forte no rosto.

– Sinto muito – falei, odiando ter aquele tipo de conversa.

– Sem problemas – falou sem me olhar. – Nós nos vemos por aí.

Respirei fundo, sentindo-me péssima por tê-lo iludido. No quarto, encontrei Paulina e Maíra desfazendo suas malas. Elas não tardaram em começar o interrogatório sobre meu encontro com Paulo.

– Como foi o cinema? – perguntou Maíra.

– Foi normal. O Ricardo e a Patrícia também estavam lá – comentei.

– Não acredito! – exclamou Paulina. – Então, vocês nem ficaram sozinhos! – lamentou.

– Não – sorri. – O que foi bom.

– Como assim?

– Eu aceitei sair com ele em um impulso – expliquei. – Vocês sabem que eu só vejo ele como um amigo.

– E ele não tentou nada? – quis saber Maíra.

– Algumas vezes, mas o Ricardo ficou conversando com ele durante o filme, o que me ajudou muito. Depois jantamos e fomos para uma balada. Acabei me perdendo deles e voltei para casa – contei.

– O Ricardo não é burro. Ele sabia que o Paulo estava afim de você. Ele só pode ter feito isso de propósito! – disse Maíra. Seu raciocínio rápido me perturbava. – O que significa...

– Não – interrompi.

– Eu concordo – falou Paulina.

– O Ricardo estava lá *com a Patrícia* – enfatizei, satisfeita por não ter mencionado nosso beijo.

– Sei lá, mas que é estranho, é – insistiu Maíra. – Ficar conversando com o Paulo e...

A inspetora Vilma abriu repentinamente a porta de nosso quarto e ordenou que apagássemos as luzes e fôssemos dormir. No escuro, continuamos conversando sobre o baile do sábado seguinte.

Paulina comentou que precisava comprar um vestido novo e sugeriu que fizéssemos compras. Maíra e eu gostamos da ideia, mas lembramos que o campeonato de futebol seria na sexta à noite.

Aquela era a última semana de aulas e as provas finais ocorreriam todos os dias. Eu havia estudado bastante e me sentia confiante.

Na segunda à tarde, após o treino de futebol, decidi estudar na biblioteca para a prova do dia seguinte e fui surpreendida por Patrícia. Ela estava acompanhada por três amigas, cujas feições eram tão hostis quanto as dela.

– Você não presta mesmo! – gritou, enlouquecida. – Fica bancando uma de roqueira solitária, mas não passa de uma fura olho!

– O quê? – reparei que vários alunos se aproximavam para acompanhar de perto a confusão.

– Acha que eu não sei que é por culpa sua que o Ricardo terminou comigo? – disse em um misto de raiva e decepção. – Que vocês dois sumiram naquela balada de propósito?

– Ele terminou com você? – perguntei. Uma pontada de alegria me atingiu.

– Como se você não soubesse! – debochou.

– Eu não tenho nada a ver com isso – defendi-me.

– Falsa! Ridícula! – gritou, fora de si.

– Estou avisando, é melhor você calar a boca! – fechei os punhos.

– Não sei o que ele vê em você – continuou.

– Chega! – exaltei-me, irritada. – Sai daqui ou não respondo por mim!

– Uma oferecida, você é! – disparou.

– E você é uma imbecil! – rebati. – Será que não percebe que ele não está nem aí para você? Ele está com uma garota diferente a cada semana! Era só questão de tempo para que vocês terminassem!

– E agora você acha que ele é todo seu? – perguntou, amarga.

– Não! – exasperei-me. – O Ricardo acabou de trair a Mariana. Ele é um mulherengo, um mentiroso...*o último homem do mundo* para mim!

Dei as costas para ela, decidida a acabar com aquela conversa, e quase esbarrei em Ricardo. Uma mão invisível comprimiu minha garganta. Ele parecia ofendido, magoado e decepcionado. Abri a boca para dizer algo, mas as palavras não saíram e eu saí em disparada.

Joguei-me na cama com vontade de gritar. Estava arrependida de ter falado aquilo sobre Ricardo na frente da escola inteira e daria tudo para voltar atrás. Fechei os olhos e a imagem de seu semblante abatido surgiu. Balancei a cabeça, tentando afastar aquela lembrança.

Será que ele me odiava? Eu me sentia a pior pessoa do mundo. “Mas é isso que você pensa dele”, disse minha consciência. No entanto, eu havia conhecido outro lado de Ricardo. Um que era totalmente diferente desse. *Melhor.*

Pressionei minhas têmporas com os dedos, sentindo uma intensa dor de cabeça se apoderar de mim. Fechei os olhos e quase dormi, mas a chegada de Maíra e Paulina me despertou.

Elas perceberam meu mal estar e eu lhes contei sobre o ocorrido. Minhas amigas me consolaram e tentaram me animar, mas eu me sentia deprimida e não consegui mais estudar para a prova do dia seguinte.

– Por que não contou que ele tinha ido embora com você? – perguntou Maíra, chateada.

– Desculpe – pedi. – Não queria que vocês pensassem algo que não existe e...

– Nós somos suas amigas, Amanda. Você pode confiar em nós – disse Paulina, doce como só ela conseguia ser.

– Eu sei.

– Se você não quer falar sobre o que está acontecendo entre você e o Ricardo, nós respeitamos – continuou Paulina.

– Não está acontecendo nada – falei. Elas me olhavam com descrença. – Foram apenas alguns beijos e...

– *O quê?!* – gritaram, surpresas.

Contei desde a madrugada que o encontrara bêbado, até o beijo que trocamos embaixo da chuva. Ouvindo a mim mesma, percebi que aquela história estava ficando complicada.

– Por que escondeu tudo isso? – perguntou Maíra, magoada.

– Eu não sei – suspirei. – Acho que não estou acostumada a falar sobre essas coisas com ninguém. É primeira vez que tenho amigas.

– Que linda! – abraçou-me Paulina, emocionada.

– Você gosta dele? – quis saber Maíra. Eu pensei antes de responder. Não queria mais mentir para elas.

– Minha cabeça diz que ele é o último homem do mundo com quem eu quero me envolver – admiti.

– E o seu coração? – perguntou Paulina.

– Diz que é tarde demais...

XVIII. Uma pessoa melhor

Acordei no dia seguinte com o humor um pouco melhor, decidida a conversar com Ricardo, embora não soubesse exatamente o que ia dizer. Tentei abordá-lo quando estivesse sozinho, mas isso era muito raro, já que seus amigos e admiradoras sempre o cercavam.

Nossos olhares se cruzaram quando entrei na sala e ele desviou o olhar, fazendo com que eu me sentisse péssima. Ele estava bravo? Magoado? Decepcionado? Fiz a prova de inglês e de português, e fiquei grata por serem matérias em que eu tinha facilidade, caso contrário não teria ido bem.

Após o almoço, observei quando Ricardo deixou o restaurante. Eu conhecia sua rotina e sabia que ele estava indo para o quarto e que estaria sozinho, já que Paulo e Ronaldo faziam aula de esgrima. Deixei o restaurante e fui atrás dele.

– Ricardo? – chamei.

A chave estava na porta e eu a tranquei para que ninguém me encontrasse ali. A porta do banheiro abriu e a expressão surpresa de Ricardo me desconcertou.

– O que você está fazendo aqui? – perguntou, hostil. – Não estou afim de ficar no colégio no final de semana – disse para me provocar, pois sexta era o último dia de aula.

– Preciso falar com você – eu disse. – Ontem eu falei algumas coisas sem pensar e...

– Acho que foi o contrário. Você falou exatamente o que pensava – disse, impassível.

– Não. Quero dizer, sim e não – tentei me explicar, atrapalhada. – É como eu estava falando no sábado. Parte de você é daquele jeito e parte é completamente diferente. Enfim, eu não devia ter falado aquilo.

– Não tem problema – disse, frio, e eu me senti ainda pior do que antes de me desculpar. – É melhor você ir.

No mesmo instante a maçaneta da porta girou.

– O que é isso? – disse uma voz familiar. – Ele trancou a porta? – continuou, permitindo que eu identificasse que era Paulo.

– Ricardo, abre isso! – gritou Ronaldo.

Ricardo e eu nos olhamos, sobressaltados. Ele fez gestos para que eu não dissesse nada. Seu olhar vasculhou o quarto e eu entendi que ele procurava um lugar para eu me esconder.

– Debaixo da minha cama – apontou. Obedeci, apressada pelos protestos do lado de fora.

Ricardo arrumou as cobertas da cama para que elas cobrissem a parte inferior onde eu estava. Eu deixei de ver o quarto, mas minha audição se aguçou e pude acompanhar os passos de Ricardo e o ruído da chave sendo virada.

– Por que trancou isso? – reclamou Paulo.

– A gente precisa se trocar – resmungou Ronaldo.

– Foi sem querer. Foi mal – disse Ricardo.

– Você viu meu uniforme? – perguntou Paulo.

– Acho que está no banheiro – falou Ronaldo.

Os três conversavam e eu gostei de estar ali, quase totalmente incógnita, como uma espiã. Era interessante presenciar como Ricardo se comportava com seus amigos e eu pouco me importei com um par malcheiroso de meias próximas a mim.

– Chamei a Natália para ir comigo ao baile – contou Ronaldo. – Ela só faltou soltar fogos de artifício.

– Essas meninas ficam sempre loucas na véspera do baile – brincou Ricardo.

– E você, já chamou alguém? – perguntou Paulo.

Eu me inclinei em direção às vozes, mais interessada.

– Ainda não – respondeu Ricardo.

– Vai chamar a Claudinha? – quis saber Ronaldo.

– Não.

– A Thalita? – arriscou Paulo.

– Não.

– Simone?

– Não. Ainda não decidi – respondeu. Um sorriso surgiu involuntariamente em meus lábios. – E você?

– Na verdade, a Patrícia me chamou – contou Paulo. – Achei chato dizer não. Você se importa?

– Não. Ela é passado. Pode ficar à vontade – Ricardo lhe assegurou.

– Eu estava pensando em chamar a Amanda, mas acho que ela está afim de você – falou Paulo, e eu não soube se era tristeza ou rancor que deformava sua voz.

– De mim? – engasgou Ricardo. Eu me encolhi, desconfortável. – Nada a ver.

– É difícil dizer. Ela é bem na dela – comentou Ronaldo.

– Fiquei sabendo que ela falou um monte de você para a Patrícia ontem na biblioteca – comentou Paulo. Eu senti vontade de esmurrá-lo.

– Ela me pediu desculpas – contou Ricardo, sem se alterar.

– Ela é meio maluca, mas é gatinha – disse Ronaldo. – Se falou mal de você para a sua ex, então deve estar afim de você.

– Vamos logo – chamou Paulo, irritado. – A aula já começou.

– Você vai ficar aqui? – Ronaldo perguntou a Ricardo.

– Vou na sala de jogos daqui a pouco – ele respondeu.

A porta se fechou e eu deslizei para fora da cama. Ergui-me, sentindo as maçãs do rosto queimarem. Era estranho encarar Ricardo depois de seu amigo lhe dizer que eu gostava dele. Pior ainda foi encontrar seu semblante iluminado e seu charmoso sorriso. Seu humor havia mudado completamente e eu fiquei feliz por ele não estar mais frio.

– Isso foi interessante – falei.

– O quê?

– Perceber que os homens são tão fofoqueiros quanto as mulheres – alfinetei.

– Isso é o que vocês queriam – achou graça.

– É melhor eu ir. Aproveitar que eles saíram – falei, caminhando em direção a saída.

– Espera – pediu. – Estou com os pôsteres aqui comigo. Quero saber o que você acha.

Ele abriu o armário e retirou rolos compridos. Estirou-os na cama e eu me aproximei. Assoviei, surpresa com o quão incríveis as fotos tinham ficado. Em tamanho grande e em cores brilhantes, era difícil acreditar que eu conhecia aquelas pessoas e aquele lugar pessoalmente.

– Então? – quis saber.

– Estão perfeitas! – exclamei. Ele sorriu, satisfeito.

– Também gostei – disse.

– Você podia ser fotógrafo! – elogiei.

– Obrigado. Eu sempre gostei de tirar fotos.

Então, lembrei algo que fez minha expressão se transformar.

– O que foi? – Ricardo percebeu.

– Por que você terminou com a Patrícia?

Ela havia me acusado de ser a causa do rompimento entre os dois e, embora eu não acreditasse realmente nisso, uma pontada de esperança me forçava a tentar descobrir o motivo da sua decisão.

– Nós nunca tivemos nada que pudesse ser terminado – respondeu, prático.

– Você sabe o que eu quis dizer. Por que você não quis mais continuar com ela? – insisti.

– Porque eu não gostava dela de verdade – disse, prático.

– E você gostava das outras? – ironizei.

– Não – falou. – Mas estou tentando fazer o que você disse.

– O que? – pensei em nossa conversa no carro.

– Ser uma pessoa melhor – explicou, dando de ombros.

– Ah – sua revelação me deixou emocionada.

– Afinal, eu não quero ser o último homem do mundo que você escolheria – provocou. Eu sorri, sem graça.

– Eu falei da boca para fora – assegurei-o, sentindo um aperto no peito.

Nós nos olhamos por alguns segundos em silêncio e eu tive certeza de que, se não saísse logo dali, nós acabaríamos nos beijando.

– É melhor eu ir – falei, forçando minhas pernas a caminharem em direção a porta.

– Você pode ficar – disse, sorrindo como um garoto travesso.

– Preciso estudar – a prova de Matemática era no dia seguinte e essa era uma matéria em que eu tinha dificuldade.

– Quer ajuda? – ofereceu.

– Achei que você fosse para a sala de jogos.

– Quer ou não? – pressionou-me. Eu sorri.

– Obrigada – agradeci.

Estudamos à tarde na biblioteca e outros alunos se uniram a nós. Eu gozava de uma deliciosa sensação de dever cumprido. Havia conseguido acertar as coisas com Ricardo e estava finalmente entendendo a matéria.

No dia seguinte, Maíra e Paulina repararam que, pela primeira vez desde que tinha terminado com Mariana, Ricardo não estava com nenhuma garota. Meu coração aqueceu, envolto pela prazerosa ilusão de que ele estava mudando e que eu tinha parte nisso.

Na quinta-feira, ele também apareceu sozinho, e rumores de que havia se cansado da vida de solteiro circulavam. Quase todas as garotas solteiras nutriam esperança de que fossem sua próxima namorada e um sentimento terrível de perda me assolou.

Apesar de não aprovar seu rodízio de casos amorosos, eu sabia que, enquanto ele fizesse isso, significava que ele não sentia nada por nenhuma delas. Por outro lado, se ele decidisse começar um novo relacionamento, seria um sinal de que ele havia se apaixonado.

Ao final da noite, na sala de vídeo, duas garotas do primeiro ano conversavam enquanto eu tentava assistir televisão. Maíra já tinha reclamado com elas, pedindo que fossem ao salão de jogos, onde poderiam tagarelar sem incomodar ninguém, mas elas a ignoraram. Uma delas disse o nome de Ricardo, fazendo com que eu prestasse atenção na conversa.

– Você acha que ele está com alguém de fora?

– Acho que não. Ele passa a semana inteira aqui.

– A Janaina deu muito em cima dele hoje.

– Sério?

– Você conhece a figura. Uma sem vergonha!

– E aí?

– Ele não fez nada.

– Não!

– O que será que está acontecendo?

– Não sei. Ele anda muito estranho.

– Você acha que ele está gostando de alguém daqui?

– Talvez. Vamos saber logo mais, quando ele fizer o convite para o baile.

– Ele ainda não chamou ninguém.

– Mas o baile está chegando. Ele não tem muito tempo.

Eu era provavelmente a única pessoa naquele colégio que sabia a causa da mudança de Ricardo. Ele tentava ser uma pessoa melhor.

Antes de dormir, na fronteira entre o mundo real e o mundo dos sonhos, minha imaginação tomou a liberdade de divagar como bem quisesse. Ricardo havia me convidado para o baile. Nós dançávamos pelo salão, rodeados pelos pôsteres que ele tinha me mostrado. Ele estava apaixonado por mim e nós estávamos namorando. Adormeci.

XIX. Sem par

Um dia antes do baile, todos os alunos só falavam nisso. As meninas, em particular, estavam em um estado irritante de euforia. Não importava onde fosse, o único assunto era qual roupa usariam, como seria o penteado e, principalmente, com quem iriam.

No começo da semana, muitas esperavam receber um convite de Ricardo, porém, com o passar dos dias, o desespero as levou a aceitar o primeiro que aparecesse.

Eu não sei se os garotos faziam aquilo de propósito, para se divertir com o desespero das meninas que ansiosamente aguardavam um par, ou se eles realmente não ligavam se tinham ou não uma companhia para o baile, mas o fato é que eles adiavam ao máximo o momento de fazer o convite.

Como sempre, eu era a exceção. A última coisa que queria era um par. Na verdade, eu tentava evitar a aproximação de qualquer aluno do sexo masculino que pudesse me convidar.

Eu era chamada de rebelde por alguns, de maluca por outros, e até de roqueira, mas isso não evitou que recebesse algumas investidas. Maíra e Paulina teriam me matado se descobrissem que recusei um par. Elas queriam muito um e não entenderiam a minha decisão.

Na sexta-feira de manhã, Paulina recebeu o convite de Caio, um garoto tímido e gentil que estudava conosco. Ele se sentava atrás dela e eu os via conversando às vezes durante o intervalo das aulas.

– Ela gosta dele desde o ano passado – Maíra revirou os olhos.

Ela não havia recebido nenhum convite e seu mau humor era evidente.

– Ele parece legal – eu disse.

– Ele é *muito* legal! – Paulina exclamou. – Ele sempre vai sozinho nesses bailes, então vocês imaginem a minha surpresa quando ele me convidou!

– E você? – Maíra perguntou a mim. – Não vai com ninguém?

– Eu não sou ligada nessas coisas. E não quero um par apenas para provar que consigo um – dei de ombros.

As duas me conheciam bem e não insistiram. Eu já tinha contado sobre meu ex-namorado traidor e explicado que não estava pronta para me envolver com ninguém. Pensei em Ricardo e meu coração discordou.

Naquele mesmo dia, após o almoço, Maíra recebeu o convite de Breno, um aluno do terceiro ano. Ela contou que já tinha saído com ele algumas vezes no ano passado, mas, na época, ele estava apaixonado pela ex-namorada e acabaram não dando certo.

– Ele disse que agora tem certeza que a esqueceu – contou, sorridente.

No final da tarde, a caminho do campo de futebol, onde o time competiria contra a Escola Nota A, do Rio de Janeiro, fui abordada por Thiago, um aluno do terceiro ano que não tinha par e que se mostrava determinado a me persuadir a ir com ele.

– Mas você vai com alguém? – quis saber.

– Não, mas prefiro ir sozinha – expliquei.

– Então, vamos juntos – insistiu.

– Já disse que prefiro ir sozinha – repeti, tentando não magoá-lo.

– Eu posso ser uma ótima companhia – falou, persuasivo.

– Não é nada pessoal – tentei ser gentil.

– Qual é o seu problema? – perguntou, rude.

– No momento, você! Já disse que não quero ir com você ao baile! Quer que eu desenhe? – gritei, irritada. Ele arregalou os olhos, assustado.

Uma risada familiar chamou minha atenção. Virei e encontrei Ricardo, divertindo-se. Eu não tinha notado sua aproximação e não sabia há quanto tempo estava escutando. Ele esboçava um sorriso charmoso e confiante. Por algum motivo, eu estava aliviada por ele estar ali.

– Ela disse que não, cara. Tem um monte de meninas querendo um par – disse Ricardo, bem humorado. Thiago, carrancudo, saiu sem dizer mais nada.

– Quem você é? Um príncipe que salva donzelas em perigo? – provoquei.

– Você é uma donzela em perigo? – provocou, arqueando uma das sobrancelhas.

– Não. E não preciso da sua ajuda para me livrar de caras como ele.

– Acho que você é a primeira menina que eu conheço que prefere ir sozinha ao baile – comentou, pensativo.

– Não preciso provar nada a ninguém – expliquei. – E você? Já decidiu qual das Barbies vai convidar? – perguntei, cruzando os braços. Ele me encarou com um olhar indecifrável.

Ricardo era o garoto mais bonito, popular e desejado do colégio, mas sua demora em convidar as meninas fez com que a maioria já tivesse arrumado uma segunda opção.

– Ainda não.

– É melhor você se apressar ou vai acabar ficando sem par – falei da boca para fora. A verdade é que eu não queria que ele chamasse ninguém.

– É – murmurou.

Foi difícil manter a concentração no campeonato de futebol depois disso. No primeiro tempo, nós estávamos perdendo de três a um, o que rendeu um intervalo de muitos gritos e pressão psicológica. No segundo tempo, conseguimos empatar e, no último minuto, vencemos. A comemoração durou até tarde em uma pizzaria.

– Estou em dúvida entre o vestido verde e o azul – disse Maíra com a boca cheia de pizza.

– Gosto de você de verde – falei. Ela sorriu, satisfeita.

– E você? – perguntou. – Já sabe como vai?

– Não – balancei a cabeça.

Havia muitos vestidos em casa e não seria problema encontrar algum que servisse.

– E não vai com ninguém mesmo? – continuou, parecendo não aprovar minha decisão.

– Não – sorri, tentando mostrar que eu realmente não ligava para esse tipo de coisa.

– Você é a pessoa mais desencanada que eu conheço – ela disse, analisando-me.

– Posso dizer o mesmo – retribuí. Ela sorriu.

O motorista de mamãe foi me buscar e, quando cheguei, ela não estava em casa. Vi sua mensagem em meu celular, explicando que teve uma viagem urgente e que estaria de volta no dia seguinte de manhã. Eu conhecia aquelas viagens de uma noite só e não queria nem especular quem seria o seu atual namorado.

Ela tinha um padrão de comportamento que eu identificava toda vez que estava em um novo relacionamento. Eram noites dormidas fora, um sorriso bobo nos lábios, banhos em que cantarolava e telefonemas até tarde da noite.

Então, pouco tempo depois, quando ela se cansava dele ou ele dela, ela se entregava a alguns dias de depressão, outros de gula, alguns de compulsão por compras e, finalmente, estava pronta para um próximo caso. Eu odiava esse ciclo sem fim.

No sábado, ela não deu sinal de vida e achei que não apareceria a tempo para o baile, porém, quando saí do banho, ela estava me esperando, pronta, usando um sensual e indecente vestido vermelho.

Após desculpar-se por só aparecer naquela hora, ela fez algumas perguntas sobre o baile, enquanto eu terminava de me maquiar.

– Por que você não fez um penteado no cabeleireiro? – perguntou, reprovando meus cabelos ruivos soltos.

– Mãe, você não me conhece mesmo – eu ri. – Não vou com ninguém, então posso pular essa parte chata de me arrumar toda. Ótimo, não? – perguntei, sarcástica, prevendo sua reação.

– É um baile de *casal*? E você não vai com *ninguém*? – perguntou com a voz estridente, agoniada, como se tivesse ouvido a maior catástrofe do mundo.

– Nem todo mundo precisa estar com alguém para ser feliz, mamãe – minha crítica ia além de ter um par para o baile. Eu criticava seu modo de vida.

– Eu sei, Amanda, mas seria tão romântico! – suspirou, decepcionada.

– Já basta você de romântica nessa casa – repliquei. – Vamos, estou pronta.

– Ficaram lindos os brincos que eu dei – comentou em aprovação. – E o colar também. Coloca um pouquinho mais de sombra nos olhos – pediu, analisando-me de perto como uma boneca.

– Não, mãe, assim está bom. Com esse seu vestido, ninguém vai nem perceber que estou do seu lado – resmunguei.

– Que mentira! – ela deu um tapinha no meu ombro, lisonjeada.

– Vamos, estamos atrasadas – olhei no relógio.

Durante o percurso até a escola, eu não falei muito, arruinando as tentativas de mamãe em estabelecer um diálogo. Estava preocupada com a noite, com a reação dos familiares dos alunos e, principalmente, questionava-me se o propósito do baile seria atingido.

O lugar já estava lotado quando mamãe e eu chegamos. Todos comiam e bebiam, enquanto observavam com admiração e compaixão os pôsteres que decoravam o salão. As fotos tiraram meu fôlego e o local estava perfeito. Parecia uma exposição de arte profissional.

Mamãe avistou conhecidos do meio artístico e começou a conversar com eles, o que eu achei ótimo, pois havia avistado Paulina e Maíra com seus pares e aproveitei para cumprimentá-las. Elas estavam lindas e pareciam muito contentes. Ao me verem, sorriram.

– Você está deslumbrante! – elogiou Maíra.

– Pena que não quis vir com ninguém. Seu par ficaria de boca aberta – lamentou Paulina.

– Ah não, você não! Já basta minha mãe com esse papo – reclamei.

– Ela veio? – perguntou Maíra, olhando ao redor.

– Milagrosamente, sim – apontei para ela, sentada em uma das mesas. – Está tudo incrível, não é? – perguntei, maravilhada.

– Sim! Estão todos comentando. Meus pais disseram que vão ajudar – contou Paulina.

– Os meus, também – disse Caio, o par dela.

– E os meus – falou Breno, o par de Maíra.

– Os meus, não são loucos de não ajudar – brincou Maíra.

Uma música romântica começou a tocar, incentivando os casais a dançarem. Maíra e Paulina sorriram, sem graça, e eu percebi que elas não queriam me deixar sozinha.

Foi somente, então, que lamentei não ter aceito algum dos convites que recebi, não por mim, mas por elas, para que não se sentissem desconfortáveis por eu ser a única sem par.

– O que vocês dois estão esperando? Tirem elas para dançar! – briguei com Caio e Breno, que riram.

– E você? – perguntou Paulina.

– Acabei de chegar. Vou ver o que tem de bom para comer – disse, descontraída.

– Depois, volte aqui – pediu Maíra.

– Pode deixar – sorri. É claro que eu não pretendia voltar. – E vocês, aproveitem a noite! – pisquei.

Caminhei em direção a um dos garçons, pois não estava com vontade de ficar na mesa em que mamãe conversava com outros pais. Antes de pegar algo na bandeja, meus olhos foram atraídos por uma roda de garotos.

Fiquei sem ar ao ver que Ricardo estava entre eles. Ele vestia um terno elegante e estava mais bonito do que nunca. Ele conversava animadamente, relaxado. Nossos olhares se encontraram e eu não consegui disfarçar que o estava observando. Sua expressão mudou ao me ver. Ele abriu um sorriso tímido e continuou me olhando, embora seus amigos estivessem falando com ele.

Ricardo disse algo e se afastou, caminhando em minha direção. Minhas pernas se moveram espontaneamente para encontrá-lo no meio do caminho. Meu coração acelerou, envolvido pela música doce que tocava.

– Oi – seus olhos brilhavam enquanto ele me olhava da cabeça aos pés.

– Oi – falei, extasiada. Como eu podia criticar as alunas que se derretiam por ele, quando eu mesma mal conseguia me controlar?

– Você está linda – elogiou.

– Obrigada. Você também – ele tirava meu fôlego.

– O que achou? – perguntou, interessado em minha opinião sobre a festa.

– Está tudo perfeito! – exclamei.

– Mesmo? – sorriu, contente com minha reação.

– Sim. De verdade. A ideia dos pôsteres fez toda a diferença – admiti.

– Obrigado. A secretária Júlia está recebendo as doações em uma mesa ali do canto – apontou.

Então, lembrei-me de algo importante, talvez eu nem quisesse saber a resposta, mas, ainda assim...

– Onde está seu par? – perguntei. – Deixa eu adivinhar, você demorou muito e não sobrou mais ninguém que se encaixasse no seu padrão de beleza.

– Errado – ele sorriu ainda mais. – Eu não chamei ninguém – revelou.

– O quê?! – exclamei, confusa. – Por quê?

– A única garota que eu queria convidar não queria um par – explicou, dando de ombros.

– Ah – murmurei, engasgada com o nó que se formara em minha garganta. Ele estava falando de *mim*.

Estávamos cercados por casais, que dançavam. A música era romântica e envolvente, atraindo cada vez mais alunos. Identifiquei Paulina e Caio entre eles. Ela sorriu e lançou um olhar sugestivo.

Eu me fiz de desentendida, mas senti meu rosto arder. Olhei de volta para Ricardo e ele me observava com um sorriso enigmático. Nós nos olhamos calados durante segundos que pareceram horas.

– Dança comigo? – pediu, mais gentil do que eu jamais pensei que podia ser.

Ele passou a mão ao redor da minha cintura antes que eu respondesse e seu delicioso perfume me anestesiou. Parte de mim queria sair correndo, mas eu sabia que minhas pernas não me obedeceriam. Outra parte queria apoiar minha cabeça em seu ombro, mas meu corpo estava rígido e tenso, limitando-se aos movimentos da dança. Aquilo tinha sido meu sonho e se tornou realidade.

XX. O pesadelo

A proximidade fazia com que eu fosse assombrada por imagens contra as quais lutava há algum tempo. Elas surgiam quando eu me distraía e eu era normalmente rápida em dissipá-las. No entanto, o cheiro delicioso que vinha da pele de Ricardo e minhas mãos em seus ombros me tornavam vulnerável às lembranças.

Lembranças de nossas discussões iniciais, de suas provocações para me irritar, de nossa fuga juntos do colégio e dos beijos que havíamos trocado. Por mais que tentasse, eu não era imune aos beijos dele. Ao contrário, eles mexiam comigo de uma forma que eu não conseguia explicar. Balancei a cabeça, forçando as imagens a me deixarem em paz.

Eu não estava pronta para me apaixonar e, ainda que estivesse, Ricardo definitivamente não era a pessoa certa para mim. A verdade é que ele era o tipo de cara que eu queria longe: traidor, mulherengo e mentiroso. Eu nunca conseguiria confiar nele. *Nunca.* Isso não podia acontecer. *Eu* não podia permitir. E eu não *queria.* Não, não, não, não...

– Eu gosto do seu perfume – murmurou, inspirando o ar próximo ao meu pescoço. Uma corrente elétrica percorreu meu corpo.

– E eu gosto do seu – falei, entorpecida.

Ele conseguia fazer meu coração se contorcer, doer e parar ao mesmo tempo. E eu não estava acostumada a isso.

– Espero que dê para ajudar aquelas pessoas – comentou, pensativo.

– Vai dar tudo certo – falei, otimista. – Obrigada.

– Foi você quem teve a ideia – disse, modesto.

– Mas foi você quem a tornou real – reconheci. – E eu sei que você pagou os pôsteres com sua mesada – acrescentei.

– Como você...

– Ouvi uma conversa sua com seu pai – confessei. Ele arregalou os olhos, surpreso. – Obrigada – agradeci.

Os alunos mais próximos nos fitavam, intrigados. Era a primeira vez que Ricardo ficava perto de mim na frente de todo o colégio e, a despeito do boato que se espalhou sobre eu ter dormido em sua casa, era evidente a surpresa nos olhares e murmúrios de nossos observadores.

– O que foi? – ele perguntou.

– Um minuto de atenção, senhoras e senhores – pediu o diretor. Todos pararam de dançar e se voltaram a ele. – Eu gostaria de agradecer a presença de todos que vieram prestigiar mais um de nossos bailes. Espero que estejam tendo uma noite agradável. Gostaria de chamar à frente os alunos que tornaram essa noite possível: os representantes de sala que formam a comissão de eventos do nosso colégio.

Ricardo apertou minha mão antes de ir para perto do diretor. Por que ele se comportava daquele jeito? Outros cinco alunos se uniram a ele e os convidados deram uma salva de palmas.

– Também quero chamar a pessoa que teve a iniciativa de fazer desse baile um momento para refletirmos sobre como podemos ajudar o próximo – disse Alexandre, procurando alguém na multidão. – A aluna Amanda Oliveira poderia vir aqui, por favor? – pediu.

Todos me observavam e fui obrigada a caminhar para perto dele.

– Eu quero matar você – falei com os dentes cerrados. Ele sorriu, achando graça. Imaginei que meu rosto estivesse próximo da cor dos meus cabelos.

– Certa vez, um professor me disse algo de que nunca me esqueci – ele voltou a falar. – Pessoas comuns falam sobre pessoas. Pessoas extraordinárias discutem ideias. Pessoas comuns pensam em si mesmas.

Pessoas extraordinárias querem mudar o mundo. Pessoas comuns se cansam quando os obstáculos aparecem. Pessoas extraordinárias encontram forças quando todos já desistiram – ele olhou para mim, orgulhoso. – Uma salva de palmas para uma aluna que não é uma pessoa comum.

O som de palmas e uivos me fez querer enfiar minha cabeça em um buraco no chão. Pais e alunos murmuravam entre si com os olhos fixos em mim e eu tentei não me importar com o que quer estivessem falando.

– Parabéns – disse Ricardo.

– A nós – corrigi, contente por ele estar de volta.

– Você já jantou? – perguntou.

– Ainda não – respondi, estranhando a atenção que ele dedicava a mim.

– Ricardo, vem aqui – chamou Luana, uma das alunas da comissão. Ela me analisou da cabeça aos pés, como se procurasse algo. Então, voltou-se a ele. – Minhas primas querem que eu apresente você a elas – sorriu sugestivamente. Ele me olhou, hesitante.

– Vai lá – eu disse. – Elas estão esperando – apontei com a cabeça para três garotas que nos observavam.

– Eu já volto – disse antes de ir.

Eu o observei por alguns minutos, enquanto Luana o apresentava para suas primas. As garotas sorriam e conversavam, encantadas com ele. Ricardo era atencioso, bonito, charmoso e simpático, e era evidente o interesse que ele era capaz de despertar nas mulheres.

"O que eu estou fazendo aqui, esperando?", perguntei a mim mesma. Caminhei em direção à mesa em que mamãe estava sentada, mas não a encontrei ali. Comecei a procurá-la entre os convidados, esperando que seu vestido vermelho ousado tornasse fácil encontrá-la, mas não a vi em lugar nenhum.

Procurei no banheiro feminino e liguei em seu celular, mas não tive sucesso. Ela parecia ter desaparecido e eu começava a me preocupar. Notei a porta do salão aberta e imaginei que ela poderia ter ido tomar ar fresco. Os dois seguranças na porta confirmaram ter visto uma mulher bonita de vestido vermelho passar por ali.

– Faz muito tempo?

– Não, senhorita. – disse o segurança. – Uns dez minutos.

– O que foi? – uma voz masculina familiar perguntou.

– Eu não sei onde está minha mãe. Ela não atende o celular – expliquei, sentindo-me tranquilizada pela presença de Ricardo. – Acho que ela pode estar lá fora.

– Vamos procurar – sugeriu.

Assenti e saímos à procura dela pelas proximidades do salão. Não havia ninguém por perto e eu não compreendia por que ela havia se retirado do baile sozinha. Mamãe não fumava e não fazia sentido ela decidir caminhar pelas dependências da escola.

O som de vozes próximas me fez acelerar os passos. Eu reconhecia a voz de mamãe, porém havia alguém com ela. Era uma voz masculina remotamente familiar. "Não, mãe, não aqui", gemi em pensamento, sentindo meu coração acelerar ao considerar a provável hipótese de seu mais novo caso ser o pai de algum colega do colégio. Ela parecia perder noites pensando em novas formas de me humilhar.

– Espera – agarrei o braço de Ricardo. – Vamos em silêncio – pedi.

Aproximei-me sorrateiramente e Ricardo me seguiu. Mamãe e seu acompanhante conversavam, sentados em um dos bancos, e eu queria observá-los sem que ela soubesse. Escondi-me por trás de arbustos próximos e achei que fosse desmaiar quando percebi quem era o homem misterioso.

– Meu pai? – Ricardo murmurou, sem acreditar no que seus olhos mostravam.

– Querido, nós precisamos ser pacientes – minha mãe falou com os braços ao redor do pescoço do empresário Lucas Miliano.

– Eu sei, minha rainha, mas não entendo por que não podemos contar logo a eles. Eu já disse que quero que você venha morar comigo – disse Lucas, acariciando seus cabeços e beijando seu pescoço.

– Eu? – mamãe estranhou.

– *Vocês*. Claro que a Amanda viria também – corrigiu. Mamãe sorriu, dengosa.

– Isso é um pesadelo – murmurei.

– Também quero isso, meu amor, mas você não conhece minha filha. Ela ficaria maluca se soubesse que estamos juntos. Eu prometi a ela que não mudaríamos mais para a casa de nenhum namorado – mamãe explicou.

– Mas eu não sou um namorado qualquer – ele resmungou, aborrecido.

– É claro que não – ela o beijou levemente nos lábios.

– Ela é jovem. Não precisa entender isso agora – replicou.

– Talvez. Mas eu não quero que ela me odeie. Por favor, vamos esperar um pouco mais – pediu, beijando-o longamente.

– Acho que vou vomitar – murmurou Ricardo.

Aquilo era demais para mim. Saí correndo em direção à piscina, sentindo meu rosto esquentar com as lágrimas mornas que escorriam. Aquilo só podia ser um pesadelo e eu queria urgentemente acordar. Mamãe não só tinha se envolvido com o pai de um aluno. Ela havia escolhido justamente o pai de Ricardo.

Meu sangue borbulhava com a fúria que ameaçava me enlouquecer. Minha cabeça doía e eu sentia vontade de sacudir mamãe até ela começar a se comportar como uma mãe de verdade. Eu estava cansada de ser ferida por suas aventuras amorosas.

– Você está bem? – Ricardo perguntou, sentando-se ao meu lado.

Eu fui ágil em limpar os resquícios de lágrimas em meu rosto.

– O que você acha? – perguntei, sarcástica. – Aquilo aconteceu de verdade? Minha *mãe* e seu *pai*? – dizer aquilo em voz alta era suficiente para meu estômago revirar.

– Eu desconfiava que ele estava saindo com alguém, mas nunca imaginei que fosse com ela – contou Ricardo, aborrecido.

– Saindo? Você não ouviu o que eu ouvi? Eles estão querendo morar juntos!

– É – murmurou.

– Dessa vez, ela foi longe demais! – rangi os dentes. – Estou cansada de ela se comportar como criança!

– Você acha que eles se gostam de verdade? – Ricardo perguntou, pensativo.

– Faz diferença? – eu ri, amarga. – Você sabe quantas vezes ela já se apaixonou? Quantas vezes eu a ouvi dizer que o cara era o certo? Ou quantas vezes eu tive um pai novo? Perdi a conta de quantas vezes me mudei para acompanhar as aventuras dela! – contei, explosiva.

– Meu pai já teve várias namoradas, mas nunca quis morar com nenhuma – comentou, cabisbaixo.

– Isso eu não vou permitir! – esbravejei, determinada.

– E o que você pretende? Proibir eles de ficarem juntos? – achou graça.

– Não – falei, séria. – Mas acho que sei o que temos que fazer para que eles desistam de continuar esse caso ridículo.

– Temos?

– Sim – formulei mentalmente os últimos detalhes de meu plano. – Vou precisar da sua ajuda para dar certo.

– Pode contar comigo – disse sem hesitar. – Eu não quero que meu pai more com a sua mãe. Isso seria muito *estranho*.

– Vamos fingir que estamos namorando – falei sem rodeios, embora isso não tenha impedido meu rosto de enrubescer. – E muito apaixonados – acrescentei.

– O quê?! – exclamou, surpreso.

– Isso mesmo. Vamos ter que fazer eles acreditarem – alertei-o, séria.

– Por que você acha que isso vai fazer eles pararem de se ver? – perguntou, relevando sua descrença.

– Porque seria muito bizarro! – exclamei, irritada por ter que dizer o óbvio. Ricardo não estava cooperando.

– Não sei se isso vai funcionar – falou, pessimista.

– Você tem alguma ideia melhor? – duvidava que tivesse. – Ou prefere que nossos pais morem juntos e nos tornemos irmãozinhos?

Nós não tínhamos escolha, senão tentar. No fundo, Ricardo sabia disso. A imagem de uma família feliz, de nossos pais convivendo na mesma casa e de nós dois vivendo como irmãos era assustadora. Eu faria qualquer coisa para evitar que esse pesadelo se tornasse realidade.

– Não. Vamos tentar – concordou. Meu celular tocou.

– É ela – falei.

– Você não vai atender?

– Vou mandar uma mensagem, pedindo que me encontre aqui. Você faz o mesmo com seu pai – dei as instruções. – Não temos tempo a perder.

Ricardo começou a digitar em seu celular. Aproveitamos também para trocar nossos números, pois, se tudo saísse como planejado, teríamos que manter contato constante.

Eu não sabia se mamãe e o pai dele ainda estavam juntos, mas eu forçaria o encontro dos dois com uma cena que os deixaria de boca aberta. Em poucos minutos, distingui o som dos saltos de mamãe. Aparentemente, ela estava sozinha. Olhei para Ricardo e respirei fundo.

– E agora? – perguntou, ansioso.

– Agora você me beija – murmurei, sentindo o peso das batidas de meu coração comprimir meu peito. – Faz parecer real.

– Pode deixar – murmurou, fitando meus lábios. Envolveu-me pela cintura e me puxou para perto.

Eu mal podia acreditar quando ele se inclinou em direção a mim. Beijá-lo era sempre uma aventura na qual eu costumava me perder com facilidade. Esqueci mamãe, o empresário, e até as dúvidas em relação a meus sentimentos por Ricardo, que tinham me assombrado na maior parte da noite.

Eu apenas vivia o momento e sentia que ele também. Ricardo abraçou-me, beijando-me com mais fervor. Meus dedos afagaram seus cabelos e seguraram sua nuca, como se o proibissem de se afastar. Não era o nosso primeiro beijo, ou o segundo, ou o terceiro, porém algo estava diferente. O beijo estava diferente. *Eu* estava diferente.

– Amanda? – mamãe chamou.

Ricardo e eu nos soltamos.

– Oi, mãe – minha respiração estava ofegante.

– O que você está fazendo aqui? – perguntou, surpresa.

– O que você acha? Nadando é que não é.

– Boa noite, senhora Oliveira – disse Ricardo.

– Senhorita – corrigiu. – Quem é você? – perguntou, fazendo-me lembrar de sua péssima memória visual. – Achei que você não tivesse par, filha.

– Eu queria fazer uma surpresa – contei. – Esse é meu namorado, Ricardo.

– Ricardo? – os olhos de mamãe brilharam ao pronunciar o nome dele.

– Ricardo? – repetiu a voz grave do empresário. – Por que me chamou aqui, filho?

Os olhos chocados de seu pai passaram de Ricardo para mim, e de mim para minha mãe. Ricardo mantinha uma das mãos em minha cintura e a expressão de seu pai só podia significar que ele compreendia o que estava acontecendo. A transformação no rosto de mamãe foi nítida à menção da última palavra.

– Ele é seu *filho*?! – ela gritou, exaltada.

– Mamãe, você se lembra do senhor Lucas Miliano? Vocês se conheceram na sala do diretor. É o meu sogrinho! – apresentei-o como uma nora dedicada.

– O quê? O que está acontecendo aqui?! – Lucas perguntou, atordoado.

– Nós chamamos vocês aqui para dar a notícia de nosso namoro! – contei o mais animada que pude, torcendo para não parecer forçada.

– O quê?! – eles exclamaram.

– Estamos muito apaixonados! – completei, dando um beijo no rosto de Ricardo. Eu gostava do cheiro da sua pele.

– Mas...como? – mamãe balbuciou, olhando de relance para Lucas. – Você não saiu outro dia com um tal de Paulo? – ela procurou pela verdade em meus olhos.

– Paulo? – fingi-me de desentendida. – Não, mãe, você está confundindo. Foi com o Ricardo que eu saí.

– Não, eu me lembro bem. Você disse Paulo! – insistiu.

– Mamãe nunca foi boa com nomes – falei a Ricardo, que forçou um sorriso.

– Eu teria lembrado se fosse Ricardo – insistiu, aborrecida.

– Mas não lembrou – sorri, mantendo-me serena.

– Não faz sentido. Você nunca falou nada! – exclamou, tempestuosa.

– Você sabe que não sou de falar muito – dei de ombros, fazendo pouco caso. – E você deve se lembrar que nós nos beijamos há algum tempo. O Alexandre até chamou vocês por causa disso – acrescentei, satisfeita por me lembrar desse detalhe.

– Ricardo – Lucas o chamou, irritado. – Isso é verdade? Nós conversamos outro dia e você também não me disse nada!

Virei para observar as feições de Ricardo, que se mantivera em silêncio. Eu não sabia se ele tinha coragem e capacidade para dissimular diante do pai. Seu silêncio me deixou tensa, porém ele olhou para mim e sorriu, e eu fiquei aliviada.

– É sim, pai. Eu também não esperava, mas aconteceu. Nós estamos apaixonados e decidimos assumir o namoro – beijou-me no rosto.

O local formigou. Seus lábios eram macios.

– Mas por que toda essa inquisição? – perguntei, inocente. – Achei que você ficaria feliz por mim, mamãe. Sempre quis que eu tivesse um namorado – fingi estar desapontada.

– Não é isso, querida – murmurou, sem conseguir pensar direito. – Eu estou feliz – disse em sua pior atuação.

– Viu, amor? Eu falei que eles aprovariam – pisquei para Ricardo.

A primeira fase estava concluída.

XXI. A viagem

– A segunda fase é fazer eles acreditarem que o nosso amor é tão intenso e que nos damos tão bem, que poderíamos dar certo por anos e, quem sabe, pela vida inteira – falei por telefone.

– Pouco ambiciosa, essa segunda fase. E como vamos fazer isso?

– Você vai ter que frequentar a minha casa, e eu, a sua – determinei, intimamente receando sua reação.

– Tudo bem – concordou. – E vamos ter que prestar muita atenção neles, para saber como estão reagindo – completou.

– Certo.

Ricardo e eu combinamos de vigiar nossos pais, principalmente quando estivessem ao telefone. Também combinamos de espionar as mensagens trocadas entre eles.

Mamãe ficou cabisbaixa e inquieta após o baile, e eu teria me sentido mal por sabotar seu relacionamento, se ela não tivesse, primeiro, sabotado a minha infância saudável com seus namoros desastrosos.

– Como isso aconteceu? – perguntou enquanto voltávamos para casa. – Achei que vocês não se dessem bem quando os vi na sala do Alexandre – ela lembrou.

– Você sabe o que dizem mamãe: entre o amor e o ódio há uma linha tênue – filosofei.

– Você acha que ele é a pessoa certa para você? – perguntou.

Seus olhos imploravam por um sinal de dúvida em minha resposta.

– Não. Eu tenho *certeza.*

– Achei que não estivesse procurando um namorado – continuou.

– Eu não estava. Aconteceu – expliquei.

– Vocês são tão diferentes – comentou, pensativa.

– Como você pode dizer isso? Você nem o conhece! – protestei, sentindo-me defensiva em relação a Ricardo. – Você sabia que foi ele quem teve a ideia de usar os pôsteres na decoração do baile? E que pagou por eles com o próprio dinheiro?

– Eu só não quero que você se machuque – ela disse, suspirando.

– Não acredito que justo você esteja falando isso – balancei a cabeça, inconformada.

Ela parou por aí. Mamãe era *expert* em lidar da pior maneira possível com um coração partido. E era ela quem tinha me machucado mais do que qualquer outra pessoa. Ela me ferira incessantemente com sua ausência, com sua agenda ocupada e com sua necessidade em ter um companheiro.

Ricardo veio almoçar em casa no domingo. Mamãe estava nas filmagens de seu próximo filme e foi forçada a nos deixar na companhia de nossa empregada. Após o almoço, Ricardo quis fazer um *tour* em nosso apartamento da cobertura. Nada mais justo, considerando que eu havia explorado sua casa sem seu consentimento.

– Não imaginei que você gostasse tanto de ler – comentou enquanto observava as dezenas de livro empilhados nas estantes do meu quarto.

Os livros tinham sido meus melhores amigos por muito tempo. Eles me permitiam fugir da realidade, viver a vida de outras pessoas e esquecer as frustrações com minha própria vida.

Após conhecer meu quarto e passar um tempo excessivo observando minhas fotografias espalhadas pela sala, decidimos ligar a televisão e, encobertos pelo som, pudemos continuar a conversar sobre o plano de separar nossos pais.

Contei a ele a reação de mamãe e ele me falou sobre a oposição de seu pai a nosso namoro. O empresário alegava que Ricardo havia acabado de sair de um relacionamento e que era novo demais para se envolver tão cedo.

– É engraçado ver as tentativas deles, criando desculpas para não aprovarem – falou.

– Eles podiam ter falado a verdade – comentei.

– Você esperava mesmo isso?

– Não – respondi. – Eles devem estar em choque.

– Desde quando será que estão saindo? – especulou.

– Talvez desde que se conheceram na diretoria.

– Então, a culpa é sua – falou em tom de brincadeira.

– Minha? Que eu lembre foi culpa sua – retruquei. – Foi você quem me trancou em meu quarto.

– Eu? – seu semblante inocente quase me comovia. – Você me fez ficar dois finais de semana naquele colégio.

– E você espalhou aquelas reportagens sobre minha mãe – lembrei. Sua expressão mudou.

– Desculpe por aquilo – disse, pegando-me de surpresa.

– Tudo bem – falei, sem conseguir me lembrar da época em que eu o odiava. – Desculpe ter mostrado aquele vídeo na frente de todos.

– Eu fiquei com muita raiva na hora – admitiu. – Mas depois percebi que foi o melhor que podia ter me acontecido.

– Ficar solteiro e fazer rodízio com as alunas do colégio? – alfinetei.

– Sim! – riu. – Não – balançou a cabeça. – Foi bom ter terminado com a Mariana.

– Por quê? – eu quis saber.

– Ela era uma amiga próxima no ano passado e, quando meus pais se divorciaram, foi ela quem mais me ajudou – contou.

– E vocês começaram a namorar – completei.

– Sim.

– Achei que você gostasse dela – comentei, tentando parecer indiferente.

– Eu também.

A tarde passou em um piscar de olhos e eu lamentei quando o empresário ligou, chamando o filho para jantar. Ricardo explicou que o pai raramente fazia as refeições com ele e que esse convite era, sem dúvida, uma tentativa desesperada de nos afastar.

– Todas as férias, eu visito meus avós – disse antes de sair. – Eles moram em Fortaleza e querem que eu vá no final de semana que vem.

– Ah – eu queria ser metade da atriz que mamãe era para esconder minha decepção. – Quanto tempo vai ficar lá?

– Uma semana – respondeu. – Você acha que sua mãe deixaria você ir comigo?

– Você quer que eu vá?

– Acho que seria uma ótima oportunidade de mostrarmos a eles que nosso namoro é sério – explicou.

– Claro! – concordei prontamente.

– Além disso, meus avós querem conhecer você – contou.

– Você falou sobre mim? – apontei para mim mesma, surpresa.

– Eles ligaram hoje de manhã para saber se eu estava de férias e perguntaram sobre as novidades. Falei que estava namorando e eles ficaram felizes – disse.

– Eu vou com você, então. Pode deixar que eu cuido da minha mãe – sorri, confiante.

– Meu pai viaja amanhã a negócios e, quando voltar, nós já estaremos lá.

Lucas Miliano parecia ser tão ausente na vida do filho quanto mamãe era na minha.

Durante a semana, tentei encontrar o momento ideal para contar a ela sobre a viagem. Por mais que se tratasse de uma visita aos avós de Ricardo, eu sabia que ela inventaria desculpas para tentar me impedir de ir. Preparei-me para aquela conversa, que ocorreu na quarta-feira, após o jantar.

Ela chegou tarde em casa, após as filmagens, e descansava no sofá, enquanto assistia o DVD de seu último filme. Já passava da meia-noite e eu não pretendia deixar aquela oportunidade escapar. Mamãe nunca estava em casa e o final de semana se aproximava.

– O Ricardo está indo visitar os avós nesse final de semana – contei casualmente.

Ela reagiu à conversa diminuindo o volume da televisão.

– Que bom! – exclamou.

Senti vontade de revirar os olhos, ciente do que estava por trás de sua alegria. Ela queria que ficássemos longe um do outro.

– Ele me convidou para ir com ele – falei. Ela franziu cenho. – Disse que seus avós querem muito me conhecer – continuei. – E, como estou de férias, não vejo problema.

– Não acho que seja uma boa ideia – tocou os lábios com o indicador, pensativa.

– Por que não? – eu estava preparada para aquela discussão.

– É cedo demais. Vocês mal começaram a namorar – tentou me convencer.

– Conhecer a família do seu namorado faz parte do começo de um relacionamento – falei calmamente.

– Eu nem conheço esses avós. E se eles a tratarem mal? – sua feição horrorizada quase me convencia de que ela se opunha à viagem por se preocupar com meu bem estar.

– O quê?! Mãe, você me conhece. Eu não deixo ninguém me tratar mal – lembrei com quem ela estava falando.

Seus argumentos eram tão fracos que começavam a me irritar.

– Mas você pode incomodá-los sem querer. Eles querem passar esse tempo com o neto e...

– Eles disseram ao Ricardo que queriam me conhecer – repeti, contando até dez em pensamento.

– Não acho certo vocês ficarem tanto tempo juntos. E longe de todos – seu comentário me fez enrubescer.

– É a coisa mais normal do mundo passar tempo com quem a gente ama, principalmente quando se está de férias. Além disso, nós não estaremos longe de todos. Estaremos com os avós dele!

– *Ama?* – Seu olhar ficou vazio, como se ela tivesse sofrido algum dano cerebral. – Você disse *ama?*

Foi apenas força da expressão, mas o impacto dessa palavra teve o efeito que eu esperava. Caso eu tivesse outra mãe, uma que fosse madura e racional, ela provavelmente diria que eu era nova demais para saber o que é amor. Já a minha mãe, romântica e sonhadora, acreditou no que eu dizia sentir.

– Sim. Eu o amo. Ele me ama. E ele quer que eu conheça os avós dele. Por favor – implorei.

Ela me analisou com seus grandes olhos antes de responder.

– Tudo bem – suspirou, erguendo as mãos.

– Obrigada! – comemorei.

Minha alegria foi tamanha que eu a abracei rapidamente antes de ir para a cama. Eu não me lembrava da última vez que tínhamos nos abraçado.

Eu mal esperei para contar a notícia a Ricardo. Ele ficou tão feliz quanto eu e disse que nos divertiríamos bastante. Era difícil lembrar que nosso relacionamento não era de verdade, quando todas as sensações e sentimentos eram tão reais.

A ansiedade em viajar com ele me fez preparar a mala dois dias antes e meu coração acelerava só de lembrar que ficaríamos uma semana inteira juntos. *"Você sabe que isso não vai terminar bem"*, minha consciência alertou. E eu, como na maioria das vezes, a ignorei.

XXII. Completamente apaixonada

Na sexta-feira, ele passou em casa e fomos juntos para o aeroporto. Eu não era indiferente à forma como ele me tratava. Já fazia algum tempo que ele se comportava como um cavalheiro, e isso tornava tudo mais complicado. Se ele continuasse como o Ricardo de antes, talvez fosse mais fácil conter o sentimento que crescia dentro de mim.

– Como são seus avós? – perguntei durante o vôo.

– Eles são ótimos! – disse, animado. – Minha avó era professora de piano e meu avô era cirurgião plástico. Eles se casaram cedo. Quando se aposentaram, decidiram se mudar para a praia e viver uma vida mais tranquila.

– E sua mãe? – perguntei.

– Ela mora a vinte minutos da minha casa, mas nos vemos pouco – ele pareceu desconfortável com o assunto.

– Por quê? Ela trabalha muito? – continuei, querendo descobrir mais sobre ela.

– Não. Ela conseguiu uma boa grana da divisão de bens – contou.

O clima da cidade dos avós de Ricardo era quente e abafado, e eu fiquei grata por eles morarem em uma casa na praia. Pegamos nossas malas e nos encontramos com um simpático casal idoso.

– Olá, querida. Você deve ser a Amanda – cumprimentou-me a doce senhora. – Meu nome é Tâmila. Estamos muito felizes por você ter vindo. É a primeira vez que Ricardo traz uma namorada aqui.

– E eu sou Fábio. É um prazer conhecê-la – disse o gentil senhor.

– Muito prazer. Obrigada por me receberem – falei, sentindo-me uma farsante por enganá-los.

Durante o percurso até a casa, Tâmila e Fábio quiseram saber mais sobre nosso relacionamento. Nós tínhamos nos preparado para aquilo, ensaiando uma versão que era muito próxima da realidade. Dissemos que foi ódio à primeira vista e que fomos nos apaixonando sem perceber.

Ricardo contou sobre minha ideia para o baile e sobre a comunidade que havíamos visitado juntos. Tâmila e Fábio ficaram surpresos e encantados com o que fizemos. Eles perguntaram sobre meus pais e contei que meu pai havia falecido quando eu era um bebê e que minha mãe era a atriz Patrícia Oliveira.

– Sei quem é! – disse Fábio. – Muito bonita – elogiou. – Como a filha.

– Obrigada – ruborizei.

Eu não me achava parecida em nada com minha mãe. Nem por dentro, nem por fora.

Então, o foco do assunto passou de mim para Ricardo. Seus avós queriam saber como estava o filho, Lucas, e reclamaram da ausência do empresário. Perguntaram ainda sobre a mãe de Ricardo, Sônia. Eu senti o corpo de Ricardo enrijecer ao meu lado. Por que ele não suportava falar dela?

– Ela está bem.

– Quando foi a última vez que a viu? – quis saber Fábio.

– Acho que faz três semanas – respondeu, sério.

– Ela nos telefona para saber de você. Dá para perceber que sente saudades – comentou. – Todo mundo erra nessa vida. Ela tem o direito de tentar se redimir.

Ricardo pigarreou, extremamente desconfortável, porém se manteve em silêncio. Tâmila interveio, mudando de assunto e afastando a tensão. Ela comentou que alguns amigos de Ricardo ficaram sabendo que ele estaria vindo e queriam vê-lo.

– Vou ligar para eles – disse, virando-se para mim. – Se você não se importar – acrescentou.

– Pode ligar – sorri.

A casa ficava na beira da praia. Era enorme e, ao mesmo tempo, simples e aconchegante. Tâmila me mostrou meu quarto e levei algum tempo para me acomodar e tomar um banho. Os avós de Ricardo decidiram nos levar a um restaurante de frutos do mar e eu me deliciei com um saboroso prato de camarão ao molho mostarda.

Ao final da noite, estávamos exaustos e fomos direto para a cama, mas não antes de nos despedirmos com um beijo. Nosso beijo era tão único e, desde o começo, ele havia nos unido. Com esse namoro, nós tínhamos a desculpa perfeita para nos beijarmos sem culpa ou questionamentos.

Minha mãe ligou quando eu já estava deitada e conversamos rapidamente. Ela perguntou como estavam as coisas e eu falei sobre como os avós de Ricardo me tratavam bem e o quanto meu namorado era incrível. Ela pareceu aliviada e, ao mesmo tempo, desapontada.

No dia seguinte, Ricardo e eu fomos à praia de manhã. Tomamos sol e ele insistiu que eu entrasse na água. Testei a temperatura e, percebendo que eu não me molharia, ele me colocou sobre os ombros e correu para dentro do mar, enquanto eu gritava e o esmurrava nas costas. Demos risada como crianças e nos sentamos para conversar antes de voltar para o almoço.

– Seus avós são ótimos – falei.

– Eles gostaram de você – disse, satisfeito.

– Falei com minha mãe ontem à noite – contei.

– E aí?

– Ela perguntou como eu estava e como eram seus avós.

– O que você disse?

– Que eles me trataram muito bem e que está tudo ótimo – respondi. O rosto dele se iluminou.

– Amanhã à noite estou marcando de encontrar meus amigos em um bar que costumamos ir quando venho para cá. Tudo bem? – perguntou.

– Sim – então, lembrei algo importante. – Mas nós temos que falar sobre algumas regras.

– Regras? – estranhou.

– Sim. Enquanto fingirmos que estamos juntos, eu não quero que você fique bêbado – determinei.

– Ok – concordou, pensativo.

– Acho que não há problema em beber, contanto que não exagere – expliquei. – Mais uma coisa – as maçãs do meu rosto queimaram. – Não quero que você saia com outras garotas enquanto estiver comigo.

– Achei que nosso namoro fosse de mentira – provocou com um sorriso sedutor nos lábios.

– E é, mas isso não significa que eu queira ser corna de mentira! – exaltei-me, aborrecida.

– Estou brincando – ergueu as mãos em sinal para que eu me acalmasse. – Não pretendo sair com mais ninguém e isso não é de agora.

– Você estava acostumado a ficar com uma garota por semana e...

– Eu mudei – assegurou-me.

Sim, ele havia mudado. E eu resistia em perceber isso.

– E você? Alguma regra? – perguntei, sentindo-me desconfortável com o rumo da conversa.

– Você não bebe, então – seu olhar se afundou no meu – que você seja *apenas minha*.

– Sim – concordei, sentindo um nó na garganta.

– E que me beije mais – completou, inclinando-se para me beijar.

Beijá-lo não era nenhum sacrifício. Ao contrário, era um prazer incomparável do qual passei a desfrutar diariamente. O único problema era a constatação de que eu me apegava a ele. De uma pessoa insuportável, Ricardo tinha se tornado uma companhia essencial.

Na noite do dia seguinte, fomos ao bar e conheci seu grupo de amigos. Eram nove. Seis homens e três mulheres. Todos foram gentis e receptivos, com exceção de uma das meninas, a única que não namorava um dos garotos do grupo, chamada Camila.

– Como vocês se conheceram? – ela perguntou.

Não de um jeito simpático e descontraído, mas com uma expressão desconfiada e hostil.

– No colégio – disse Ricardo, parecendo não notar o que, a meus olhos, era evidente.

– É a primeira vez que ele traz uma garota aqui – contou um dos amigos, chamado João. – E a primeira vez que o vejo com essa cara de bobo apaixonado – brincou.

– Cala a boca – Ricardo retrucou, sorrindo.

– Foi ódio à primeira vista – brinquei.

– Como assim? – perguntou João.

Ricardo e eu explicamos nosso conturbado relacionamento. Camila e João ouviram atentamente. João foi quem mais conversou comigo. Ele namorava a amiga de Camila e parecia nutrir um grande carinho por Ricardo. Sua aprovação de nosso relacionamento me deixou feliz. Eu esquecia com facilidade que nosso namoro não passava de encenação.

– Mais uma cerveja, Ricardo? – perguntou Renato, outro amigo.

– Não, valeu – disse Ricardo, fazendo-me sorrir por dentro.

– Nossa – assoviou João. – Você está fazendo bem para ele.

– Posso dizer o mesmo – respondi espontaneamente.

Ricardo sorriu e se inclinou para beijar meu rosto. Ele se afastou por um momento para ir ao banheiro e João o acompanhou. Tão logo se levantou, Camila se aproximou para conversar comigo. Seu sorriso amigável não me convenceu. Era óbvio que ela tinha sentimentos por Ricardo e não me queria por perto.

– Você é uma garota de sorte – disse. – O Ricardo é tudo de bom.

– Eu sei – respondi. Eu não gostava de rodeios e fui direta. – Vocês já namoraram?

– Sim. Há uns dois anos. Apenas por um mês – contou.

– O que aconteceu? – perguntei, embora já pudesse prever a resposta pela expressão amarga em seu rosto.

– Ele me traiu – respondeu. Deu um longo gole em seu copo de vodka. – Se fosse você, mantinha os olhos bem abertos. Garotos como ele não sossegam por muito tempo.

– Ele mudou – eu disse, convencendo-me disso mais do que me importava convencê-la.

– Você acredita mesmo nisso? – desdenhou.

Ricardo e João voltaram e nossa conversa terminou. Eu não comentei nada com Ricardo, porque não queria aborrecê-lo com a visão negativa que sua ex-namorada tinha dele, e também porque não queria demonstrar que, no fundo, eu temia que aquele seu lado traidor e mentiroso não pudesse ser mudado.

No dia seguinte, fomos passear de iate com seus avós. Fábio contou a história de como conheceu Tâmila na festa do noivado de uma amiga em comum. Ele disse que sentiu vontade de pedi-la em casamento naquele mesmo dia, mas que esperou um ano, pois temia que ela pensasse que ele era doido.

À noite, ajudei Tâmila a preparar o jantar, enquanto Ricardo e o avô jogavam bilhar na sala de jogos da casa. Era a primeira vez que eu ficava sozinha com Tâmila e, após colocarmos a lasanha dentro do forno e terminarmos de arrumar a salada, ela se sentou à mesa da varanda e quis saber mais sobre mim.

– O Ricardo gosta muito de você – falou, analisando-me.

Ela não imaginava que tudo era encenação e isso era triste.

– E eu dele – falei.

Pelo menos, eu não precisava mentir sobre isso.

– Faz tempo que não o vejo tão feliz – contou. – Parece até mais maduro. O divórcio dos pais o machucou muito. Cuide bem dele, sim? É um ótimo menino.

– Pode deixar – falei, ouvindo passos.

– O que será que as duas estão fofocando? – perguntou Fábio, aproximando-se e beijando a testa da esposa.

– Não sei, mas estou morrendo de fome – disse Ricardo, puxando-me para um abraço apertado.

– Mais alguns minutinhos, e a lasanha estará pronta – falou Tâmila.

Na manhã seguinte, Ricardo quis me ensinar a surfar. Demorei a conseguir me equilibrar na prancha e, quando finalmente consegui, ficava em pé por poucos segundos. Ele não desistiu e comemorou quando, ao pôr do sol, eu finalmente fui capaz de acompanhar uma onda até a beira da praia.

– Eu sabia que você não podia ser tão ruim! – brincou.

– Obrigada, engraçadinho. Meu professor é dedicado – reconheci.

– O que quer fazer hoje à noite? Meus avós querem jogar pôquer com a gente, mas, se você preferir, podemos sair para jantar ou ir ao cinema.

– Podemos sair para jantar e ir ao cinema quando voltarmos. Vamos aproveitar seu tempo aqui com eles. Além disso, adoro pôquer – falei. Ele sorriu, e eu sorri de volta.

Aquela semana passou em um piscar de olhos e eu desejei que não tivesse. Não me sentia feliz daquele jeito há muito tempo e não queria que aquilo tivesse um fim. Na última noite antes de voltarmos, Ricardo me chamou para dar uma volta na praia após o jantar. Ele estava estranhamente inquieto e eu não sabia por quê.

A luz da lua nos banhava e iluminava as ondas que vinham e iam, tocando nossos pés descalços. Ricardo segurava minha mão e meu coração reagia ao contato e ao romantismo do momento. Ora ou outra, ele se virava, como se quisesse dizer algo. Ele parecia ensaiar mentalmente um discurso e eu começava a me preocupar com o que seria.

– Eu gostei dessa semana – disse, parando de caminhar e ficando de frente para mim.

– Eu também. Obrigada por me convidar. Foi uma boa ideia, você sabe, para dar a impressão de que nosso relacionamento é sério – comentei, usando suas próprias palavras.

– Não foi por isso que eu chamei você – admitiu. – Eu queria passar essa semana com você. Longe dos nossos pais, longe de tudo.

– Por quê? – murmurei, respirando fundo para acalmar meu coração acelerado.

– Eu sei que combinamos que isso seria para separar nossos pais, mas eu nunca fingi nada – ele acariciou as costas da minha mão com as pontas dos dedos. – Na noite do baile, eu queria ter falado, mas as coisas acabaram fugindo do controle.

– Falado o quê? – perguntei, com um frio no estômago.

– Eu gosto de você, Amanda – declarou-se. – Quer ser minha namorada? – perguntou.

O ambiente ao redor girou e minhas pernas amoleceram. Eu não estava preparada para ouvir aquilo. Ricardo me observou com olhos intensos, esperando por uma resposta. Ele gostava de mim. Ele gostava de mim *de verdade* e queria que eu fosse sua namorada.

– Sim.

Ricardo sorriu e me abraçou, girando-me no ar e me deitando na areia. Ele se acomodou ao meu lado e nós nos beijamos longamente. O beijo pareceu ainda melhor do que todos os outros. Desisti de lutar contra meus próprios sentimentos. Eu estava completamente apaixonada por ele.

XXIII. Atrás da armadura

Pode ser que eu estivesse sendo precipitada em entregar meu coração a alguém como Ricardo. Ele era, até pouco tempo atrás, o garoto mais mulherengo do colégio e, para piorar, ele tinha traído *duas* ex-namoradas.

Eu não queria me machucar e estava ciente do risco que corria em me permitir sentir e viver o que ocorria entre nós. Porém, não é como se tivesse escolha. Eu era incapaz de mudar como me sentia e não possuía forças para ir contra aquilo que mais desejava.

– Como foi a viagem? – perguntou mamãe.

– Foi ótima. Melhor do que imaginei – pensei na última noite e um sorriso surgiu em meus lábios.

– O que vocês fizeram? – quis saber.

– Saímos com os avós dele, aproveitamos a praia, fizemos um passeio de iate, saímos com os amigos de Ricardo, jogamos pôquer e ficamos juntos. Eu sou a primeira namorada que ele leva lá – contei, radiante.

– Que bom – disse, sem emoção. – Suas amigas ligaram. Marina e Paula, ou Paola.

– Maíra e Paulina – corrigi.

– Isso.

– Você disse onde eu estava? – perguntei, torcendo para receber uma resposta negativa.

Eu havia recebido algumas ligações das duas durante a semana que passei na casa dos avós de Ricardo, mas decidi não atendê-las. Eu queria contar pessoalmente tudo o que tinha acontecido.

Elas tomariam um susto quando descobrissem que Ricardo e eu decidimos fingir que éramos namorados, e mais ainda quando soubessem que aquilo tinha se tornado um relacionamento de verdade.

– Não, foi a Maria quem atendeu.

– Entendi – falei, aliviada.

Combinei de encontrá-las para almoçar no shopping. Levei um puxão de orelha por não ter atendido a ligação das duas que, para minha surpresa, tinham novidades tão incríveis quanto as minhas.

Caio havia pedido Paulina em namoro na noite do baile e, dois dias atrás, tinha sido a vez de Breno fazer o mesmo com Maíra. Então, contei que o improvável havia acontecido: eu também estava namorando. E mais: com aquele que, há algumas semanas, eu denominara como o *último homem do mundo* que escolheria.

– O quê?! – exclamaram.

Contei tudo, desde a noite do baile até a última noite na praia e elas ouviram com uma fascinação que me desconcertou.

– Eu sabia! – disse Maíra, apontando-me o indicador. – Vocês dois e aquelas briguinhas.

– Bem que dizem que há uma linha tênue entre o amor e o ódio – refletiu Paulina.

– Não é bem assim. Ele mudou – expliquei.

– Isso é verdade – concordou Paulina.

– Se fosse o mesmo de antes, nós nunca daríamos certo – falei.

– Isso quer dizer que estão dando? – perguntou Maíra.

– Sim – admiti. Então, espirrei várias vezes.

A última coisa que eu queria era ficar doente. Não só porque eu estava de férias, mas também porque esperava encontrar Ricardo no dia seguinte. Ele havia me chamado para jantar em um novo restaurante e eu estava animada para vê-lo. Seria nosso primeiro encontro de verdade.

Infelizmente, fiquei acamada, febril, sentindo meu corpo frágil como se tivesse sido pisoteado por cem pessoas. Mamãe ligou para nosso médico, que me diagnosticou com uma gripe forte e me instruiu a repousar até que melhorasse. Enviei uma mensagem para Ricardo, dizendo que havia ficado doente e que não poderia sair com ele.

Ele não respondeu e eu tentei não ficar paranóica. Talvez ele estivesse aborrecido ou decepcionado. Uma hora mais tarde, o interfone tocou e uma das empregadas veio me perguntar se podia autorizar a entrada de um tal Ricardo Miliano. Respondi que sim e, sobressaltada, corri para o banheiro, tentando melhorar minha aparência doentia em poucos segundos.

Joguei uma água no rosto, escovei os dentes e dei um jeito no cabelo. Não melhorou muito. Eu nunca tinha me importado em parecer bonita até aquele momento. Fui atender a porta e encontrei Ricardo e seu sorriso travesso. Ele segurava uma sacola.

– Sopa? – perguntou.

Eu assenti como uma criança carente. Ele me surpreendia com pequenos gestos que me conquistavam. Eu não tinha me preparado para um namorado tão incrível.

– Onde está sua mãe? – perguntou enquanto tomávamos a sopa, sentados no sofá.

– Não imagina? – arqueei uma sobrancelha.

– Trabalhando – disse, acertando em cheio. Eu assenti. – Vocês não se dão bem – continuou. Não era uma pergunta.

– Somos muito diferentes – dei de ombros.

– Você não gosta de falar disso – observou. – Pode confiar em mim – pediu, desarmando meu escudo protetor.

– Nem sempre foi assim. Era diferente quando éramos pobres – suspirei.

– Vocês já foram pobres? – estranhou. Sua expressão assombrada me fez rir.

– Sim. Passamos fome e, às vezes, ficávamos sem luz porque não havia dinheiro para pagar a conta – contei. Ele ouvia, atento. – Era uma época feliz, apesar disso. Ela trabalhava muito, mas aproveitávamos juntas o tempo que ela tinha livre – lembrei com saudades. – Quando o empresário dela a descobriu, e ela começou a carreira de atriz, a vida ficou mais fácil, mas nós nos afastamos. Ela está sempre ocupada com as filmagens, entrevistas ou sessões de fotos. E usa o tempo livre para caçar maridos.

– Ela ama você. Qualquer um percebe isso – tentou me consolar.

– Se você ama alguém, você procura passar tempo com essa pessoa – discordei. – Ela só pensa nela mesma – completei, ressentida.

– Você já falou com ela? – perguntou.

– Sobre o quê?

– Sobre como você se sente.

– Não mudaria nada.

– Não tem como saber, se não tentar – insistiu.

– Eu não quero ter que dizer para minha própria mãe que ela tem que parar de procurar um namorado e passar mais tempo comigo – desabafei. Era a primeira vez que eu tinha aquela conversa com alguém. – Queria que ela percebesse sozinha.

– Entendo – assentiu, pensativo. – Mas ainda acho que vocês deveriam conversar.

– E você? Onde está sua mãe? – aproveitei para descobrir mais sobre ela.

O semblante de Ricardo mudou como se eu o tivesse acertado com força no estômago. Se para mim era difícil falar sobre meu relacionamento com minha mãe, sua reação mostrava que era ainda mais doloroso para ele. Agora que éramos um casal, eu precisava que ele se abrisse comigo.

– Você também pode confiar em mim – falei, incentivando-o. Seu olhar sério revelava sua indecisão. – O que aconteceu? – perguntei, intrigada com sua perturbação. Ele desviou o olhar.

– Ela me abandonou – disse com tristeza. – Um dia, ela decidiu fugir com o amante. Sumiu por um mês e mandou uma única mensagem, dizendo que não aguentava mais e que precisava partir.

– Eu sinto muito – falei com o coração apertado.

– Eu entendo que ela tenha decidido se separar do meu pai. Ele era um canalha com ela. Mas eu não consigo entender como ela pôde fazer isso comigo – revelou. – Eu era um bom filho.

– Tenho certeza que sim – falei, sem saber como consolá-lo.

– Depois que ela voltou, eles se divorciaram e ela acabou indo morar com o amante – disse, segurando minha mão e entrelaçando nossos dedos.

– Vocês se vêem?

– Pouco. Ela liga, envia mensagens, mas ela me decepcionou demais.

– Vocês precisam conversar – falei, séria.

– Olha quem fala – retrucou.

– É diferente. A sua mãe parece que quer se desculpar, se reaproximar, enquanto a minha está feliz vivendo a vida dela sem que eu atrapalhe muito – falei friamente. – Se a minha mãe quisesse mudar, eu daria uma chance a ela – admiti. A ilusão de que isso ocorresse era tão doce quanto amarga.

– Eu não estou pronto.

– Nunca se sabe quando pode ser tarde demais.

– As coisas nunca serão como antes – disse, resistente.

– Verdade, mas ainda assim podem ser boas.

– Você não vai desistir, não é? – sorriu, envolvendo-me em seus braços.

– Não – sorri, encostando minha cabeça em seu pescoço e sorvendo o delicioso cheiro que emanava de sua pele. – Obrigada.

– Pelo quê?

– Por vir. Por estar aqui comigo. Você continua me surpreendendo e eu não esperava isso – admiti.

– Eu não queria estar em nenhum outro lugar – disse, beijando minha testa.

– Espero que não fique doente – falei, receosa.

– Eu também! – brincou. Então, ficou sério. – É um risco que estou disposto a correr.

– Eu gosto de você – declarei em um impulso.

Eu nunca falei sobre meus sentimentos com ninguém, mas, com Ricardo, tudo era diferente.

– E eu, de você – retribuiu, beijando as costas da minha mão.

– E os nossos pais? – perguntei, inquieta.

– O que tem?

– Nós não sabemos se eles ainda estão juntos – lembrei.

A viagem à praia havia interrompido nossos métodos de espionagem.

– Não importa. Eu quero você, Amanda. E nada vai mudar isso.

Puxei-o pela gola da camisa e o beijei apaixonadamente. Pela primeira vez, eu deixava alguém me conhecer de verdade, por trás da armadura indestrutível que usava todos os dias. Durante aquela conversa, percebi que Ricardo também tinha sua própria armadura e que confiara em mim, deixando-me vê-lo sem ela.

Adormeci em seus braços e, quando acordei, ele ainda estava lá. Mamãe chegou mais cedo e não foi capaz de esconder a surpresa por encontrá-lo ali. Ela deveria se acostumar.

XXIV. A carta

Meu coração parecia mal caber em meu peito, e ele era o culpado. Meus sentimentos aumentavam a cada conversa, a cada saída, a cada beijo, a cada abraço e a cada sorriso.

Não havia outra palavra senão "amor" para definir a intensidade do que sentia. Parecia ironia que o último homem do mundo havia se tornado, sem que eu soubesse exatamente onde, como e quando, o único homem que eu queria.

No último final de semana antes de recomeçarem as aulas, saímos em casal com minhas amigas. O pai de Ricardo estava viajando e fizemos um churrasco na casa dele. Aproveitamos a tarde quente na piscina para nos despedirmos das férias. Aquele mês tinha acabado e eu guardava com carinho os momentos incríveis que havia passado com Ricardo.

No domingo à noite, mamãe fez questão de me deixar no colégio, e a primeira pessoa que vi foi ele. Era estranho vê-lo à distância, na sua roda de amigos, em um ambiente que havia sido palco de tantas brigas entre nós. Ele acenou e se aproximou, cumprimentando-me com um beijo.

– Oi – olhei ao redor, à procura da inspetora Vilma, e encontrei muitas expressões chocadas de alunos que nos observavam.

– Oi – ele disse, sorridente.

– Nem acredito que já voltamos. Quero férias – gemi.

– Eu também – riu.

Olhei mais uma vez ao redor e havia novos alunos que nos observavam. Identifiquei Mariana e seus olhos pareciam lançar labaredas de fogo em direção a mim.

As duas primeiras semanas foram sufocantes. Eu era oficialmente a garota mais odiada do colégio e isso decididamente teria significado algo, se eu ligasse para o que os outros pensam.

As outras garotas não conseguiam entender como Ricardo, o garoto mais bonito, popular e desejado do EE, tinha decidido namorar alguém como eu: não loira, não patricinha e não popular.

Elas relutavam em aceitar que ele não queria mais nada com elas e que estava feliz comigo. Felizmente, meu namorado lidava muito bem com a situação.

– Eu estou namorando, Carla. É melhor você sair daqui.

Eu o ouvi ao me aproximar da mesa em que ele estava na biblioteca. Nós havíamos combinado de fazer a lição juntos. Ricardo sorriu ao me ver e a garota me lançou um olhar assustado antes de se afastar.

– É engraçado como elas têm medo de você – disse, impressionado.

– Pena que isso não faz com que parem de dar em cima de você – lamentei.

– Você não tem com o que se preocupar – assegurou-me.

– Eu sei – sorri.

Aos poucos, fui me acostumando à realidade de ter um namorado por quem outras garotas eram apaixonadas. O comportamento dele era exemplar e eu não tinha do que reclamar. Tudo caminhava bem até que Mariana terminou o namoro e decidiu se reaproximar de Ricardo.

Ele era sociável e simpático com todos e não guardava rancor da traição dela. Além disso, ele se sentia agradecido com o apoio que ela oferecera na época do divórcio de seus pais. Eles tinham o mesmo círculo de amigos, o que facilitou que ela agisse sutilmente.

Ao ouvi-la pedir ajuda a ele em alguns exercícios de Matemática, meu sangue ferveu. Embora eu tivesse problemas de confiança, por minha mãe nunca cumprir as promessas que me fazia e por meu ex-namorado ter me traído, eu tinha decidido confiar em Ricardo. Mas não era fácil.

Mariana parecia ter determinado uma nova estratégia para reconquistá-lo e, embora ele não percebesse suas intenções, eu as via estampadas nos olhares que ela lançava para mim. Irritava-me profundamente a forma como ela me tratava com gentileza na frente de Ricardo e me ignorava quando ele não estava por perto.

Encontrei-os certo dia conversando nos corredores e me senti terrivelmente deslocada, como se fosse eu quem estivesse sobrando. Ricardo estava de costas, mas Mariana me viu e o tocou no ombro de propósito. Fechei os punhos e caminhei em direção aos dois. Ela parou de falar e Ricardo se virou.

– Oi – sorriu. – Tudo bem?

– Tudo ótimo – menti. – O que foi? – perguntei, esperando que ele me contasse sobre o que falavam.

– Mariana está querendo dar uma festa no mês que vem e estava me perguntando sobre o DJ que contratei para a minha festa de aniversário – contou.

– Legal – falei, sem animação. – Ele era bom mesmo.

Ricardo a tratava bem, enquanto eu me controlava para não arrancar tufos de seu cabelo loiro cada vez que ela puxava assunto com ele. Paulina e Maíra riam de meus desabafos e diziam que eu não tinha com o que me preocupar, pois Ricardo era louco por mim, mas eu me sentia inquieta, como se sentisse que algo ruim estava prestes a acontecer.

– Se você se incomoda tanto, deveria falar com ele – sugeriu Paulina.

– Tenho certeza que ele se afastaria dela – disse Maíra.

– Não sei – falei, indecisa.

Eu não queria agir como uma namorada ciumenta e estragar meu relacionamento que, a não ser pelas investidas de Mariana, ia muito bem.

Enquanto conversávamos de pijama, antes de dormir, ouvimos o som de alguém batendo na porta. Nós nos entreolhamos, sem entender. A única pessoa que vinha até nossa porta era Vilma e ela nunca pedia permissão para entrar.

Maíra foi averiguar, mas, quem quer que fosse, não estava mais lá. Ela se abaixou e pegou algo deixado no chão.

– É para você – disse, entregando-me um envelope branco com meu nome escrito.

– Uma carta? – estranhei.

– Uma carta de amor do apaixonado Ricardo? – brincou Paulina, romântica.

– Leia em voz alta! – pediu Maíra, curiosa.

– "Cuidado com o seu namorado. Uma vez traidor, sempre traidor. Se não acredita, vá à meia-noite embaixo das escadas. Você não vai se arrepender" – eu li.

– Que horror! – exclamou Paulina.

– Deve ser alguma invejosa – disse Maíra.

– O que não faltam aqui são garotas que queriam estar no seu lugar – Paulina me lembrou. – O que não justifica escrever essas coisas horríveis – completou, aborrecida.

– Quem você acha que foi? – especulou Maíra.

Eu segurava a carta, paralisada.

– Amanda, você está bem? – perguntou Paulina.

– Você não vai levar isso a sério, não é? O Ricardo tem sido um ótimo namorado e você mesma o viu dispensando a Carla – defendeu-o Maíra.

– Não – respondi. – Estou bem – forcei um sorriso. – Isso deve ser coisa da Mariana – eu tinha certeza.

– Ou outra menina – falou Maíra.

– Também pode ser um menino. Vocês se esquecem que também existem meninos que queriam estar no lugar de Ricardo – disse Paulina.

– A letra é de menina – falou Maíra.

Não me interessava saber quem havia enviado a carta ou por quê. Eram as palavras escritas que me perturbavam. "Uma vez traidor, sempre traidor". Eu costumava dizer aquilo sobre Ricardo e sempre defendi, inclusive nas conversas com minhas amigas, que a traição fazia parte do caráter.

A mensagem prometia uma prova do que dizia, se eu comparecesse no horário estipulado embaixo da escada. A principio, descartei a possibilidade de seguir ao encontro de quem escreveu a carta. Afinal, eu confiava em Ricardo e sabia que era mentira. No entanto, concluí que, se eu não tinha nada a temer, deveria ir.

Esperei o relógio dar meia noite e saí do quarto. Atentei para não ser vista pela inspetora Vilma e caminhei em direção ao local indicado. Era o mesmo lugar em que eu havia descoberto a traição de Mariana.

Liguei a lanterna do celular para iluminar quem quer que estivesse me esperando. A luz revelou dois alunos se beijando. Meu coração parou no instante em que os vi. Minha visão ficou turva e eu achei que fosse desmaiar. O choque me fez questionar se eu estava sonhando, ou melhor, tendo um pesadelo.

– Ricardo – murmurei, atônita. – O que...?

Eles pararam de se beijar e se viraram para mim. Mariana sorria, vitoriosa. Ricardo passou o olhar chocado de mim para ela e, então, de volta para mim. Ele parecia sem reação e confuso. Eu pisquei para ver se aquela cena era mesmo real, incrédula do que meus olham me mostravam.

– Se ele me traiu, o que a fez pensar que não trairia *você*? – debochou Mariana.

– O quê? Não! – Ricardo gritou. – Meu amor – ele se aproximou de mim.

– Não me toque! – gritei, dando alguns passos para trás.

– Eu pensei que fosse você! – explicou.

– Por que você não fala a verdade? – disse Mariana. – Ela nunca seria a garota certa para você.

– Cala a boca! – Ricardo apontou o dedo para ela.

– Você não precisa me falar nada. Eu vi o bastante – retruquei, sentindo meus olhos arderem.

– Eu achei que fosse você! – repetiu, tentando se aproximar lentamente.

– O quê?! – exclamei. – Você deve me achar uma idiota para acreditar nisso!

– Não! Recebi uma carta antes de dormir, pedindo que encontrasse você aqui – contou.

– C-carta? – gaguejei.

– Sim! – exclamou. – Nunca imaginei que não fosse você.

– Você não vai acreditar nisso, não é? – Mariana revirou os olhos. – Aposto que não tem carta nenhuma.

– Se você falar mais um pio, não respondo por mim – Ricardo a ameaçou, colérico. – Você não vale nada. Fica longe de mim! – gritou, enfurecido. Então, voltou-se a mim. – Eu posso provar – puxou-me pelo braço. – Deixei a carta no quarto.

Ricardo acendeu a luz, despertando os colegas, que reclamaram com o rebuliço àquela hora. Esperei do lado de fora, sentindo-me vulnerável, enquanto ele abria a gaveta próxima à cama e remexia os papéis dentro dela. Ele procurou durante algum tempo antes de desistir. Apagou a luz do quarto e fechou a porta.

– Eu não sei onde está, mas estou falando a verdade – disse, olhando-me nos olhos.

– Por que eu mandaria uma carta e não uma mensagem de celular? – perguntei, questionando sua capacidade de raciocínio.

– Eu também estranhei, mas nunca imaginei que a carta não fosse sua. Estava em seu nome – falou, atordoado.

– Você não viu quem era antes de...*beijar*? – pronunciei a última palavra com dificuldade, tentando apagar da memória a visão de Mariana e Ricardo juntos.

– Estava escuro e ela me puxou assim que cheguei lá – explicou, aborrecido.

– E você não percebeu que não era eu pelo beijo? – continuei, inconformada.

– Percebi que o beijo estava diferente, mas foi tudo muito rápido e você chegou antes que eu desconfiasse – contou. – Por favor, Amanda, você tem que acreditar em mim – pediu, desesperado. – Você acredita, não é?

– Eu não sei – respondi, balançando a cabeça.

– Por que não? – perguntou, aborrecido.

– Porque você nunca traiu ninguém – falei, sarcástica. – Porque você sempre foi o exemplo de monogamia do colégio!

– Isso não é justo. É diferente com você. Eu nunca trairia você – assegurou-me.

– Você acabou de trair – sorri amargamente.

– Eu fui enganado! – protestou.

– Então, somos dois – falei, sentindo meu coração em pedaços.

XXV. Dúvida

Eu não sabia o que fazer e a sensação de estar caindo me deixava enjoada. Parte de mim queria acreditar que nós havíamos sido vítimas de uma armadilha e que o fato de ele ter mencionado uma carta confirmava isso. No entanto, outra parte defendia que ele era capaz de trair e que, se a carta realmente existisse, ele a teria encontrado.

A dúvida me corroia e deixava incerta sobre o que fazer. Meus sentimentos por ele eram fortes, mas isso só tornava tudo mais doloroso. Seus olhos tristes me comoviam, porém a lembrança do beijo que ele havia dado em Mariana me deixava cega.

– Eu não quero perder você – ele disse, deprimido.

Nossa conversa se estendia pela madrugada.

– Eu preciso de tempo – balancei a cabeça, confusa.

– Não, você precisa confiar em mim! – falou, chateado. – Amanda, eu nunca faria isso com você. Eu... – ele parou de falar. Segurou minha mão com força, impedindo que eu a puxasse. – *Eu amo você.*

– Você não sabe o que está dizendo – disse, pega de surpresa. – Está tarde. Vamos dormir – falei, sentido uma pontada intensa no peito.

– Eu sei, sim – insistiu, decepcionado com minha reação. – Não quero dormir com a gente assim.

– Eu não consigo raciocinar direito agora – expliquei. Sentia-me exausta emocionalmente. – Aconteceu tudo muito rápido.

– Tudo bem – soltou minha mão. – Conversamos amanhã.

Eu mal fechei a porta do quarto e as lágrimas começaram a rolar. Uma atrás da outra, deslizavam e ensopavam o meu rosto e, então, meu pijama. O gosto salgado se misturava ao sabor amargo que aquela noite havia trazido. Ricardo disse que me amava e a infelicidade que sentia naquele momento roubou a alegria de ter ouvido aquelas palavras.

É claro que eu também o amava. Ainda assim, quando ele se declarou, eu não falei nada. Pior, aleguei que ele não sabia o que estava dizendo. No fundo, eu sabia que seu sentimento era verdadeiro, porque o seu amor foi mostrado com atitudes, antes mesmo de ser expresso em palavras.

No entanto, o fato de ele me amar mudava alguma coisa? Isso o impediria de me trair? Era garantia de que falava a verdade? Se ao menos Ricardo tivesse encontrado a carta, eu teria certeza que sim. A dúvida me torturava lenta e incessantemente.

Eu não conseguia dormir e levantei antes de Maíra e Paulina, para que elas não vissem, em meu rosto, a tristeza que sentia por dentro. Tomei um banho longo e disse a mim mesma que ficaria bem. Maquiei-me até disfarçar as marcas de inchaço em meus olhos e esperei sentada na cama, enquanto reunia forças para sair daquele quarto.

– Você está bem? – perguntou Paulina, percebendo que eu não participava da conversa.

– Não dormi bem – falei.

Eu não queria contar a elas sobre o ocorrido da madrugada. Ver Ricardo beijando Mariana havia sido doloroso e envolver outras pessoas aumentaria a humilhação que sentia. Eu receava que elas o defendessem ou, pior, acusassem, e não tinha vontade de falar sobre o assunto.

Ricardo tentou conversar comigo antes da primeira aula, mas havia muitas pessoas por perto e ele acabou adiando. Mariana me encarava e eu pedi licença para ir ao banheiro, desejando urgentemente tomar ar fresco. Quando caminhava de volta para a sala, ouvi passos de alguém me seguindo.

– O que você quer? – perguntei, irritada.

Meu humor estava péssimo e ela era a última pessoa com quem eu queria conversar.

– Calma! Você é uma péssima perdedora – riu, divertindo-se.

– E você é uma cobra venenosa e invejosa que não deu valor ao que tinha até que perdeu! – falei, explosiva.

– Eu não sei por que está tão nervosa – falou, sem se alterar. – O namoro nem era de verdade! Ele me contou que vocês só fingiam estar juntos para separar sua mãe e o pai dele.

– Ele falou isso? – perguntei, sentindo meu coração apertado.

– Entre um beijo e outro – contou. – Como você pôde se iludir achando que ele escolheria *você* a mim? – debochou.

Engasguei com as palavras, emudecida diante do que Mariana dizia. Ricardo havia contado a ela sobre nossos pais, sobre o plano de separá-los e nosso namoro de mentira. De outra forma, como ela saberia? Ele havia mentido para mim e me traído com ela. Eu mal o reconhecia e, naquele instante, desejei nunca tê-lo conhecido.

– Espero que vocês dois sejam muito felizes juntos, porque vocês se merecem! – falei, reprimindo a raiva que me impelia a esbofeteá-la.

Corri de volta para meu quarto e pressionei o travesseiro contra minha boca antes de gritar, abafando o som estridente. Andei de um lado a outro, tentando me acalmar. Depois de alguns minutos, concluí que não tinha condições para assistir a aula nenhuma.

Eu conhecia a rotina do colégio e sabia que, se a inspetora percebesse que eu não estava na sala, ela me procuraria em meu quarto. Só havia uma única solução para o meu dilema. Disquei no celular e aguardei enquanto chamava.

– Alô, filha? – estranhou mamãe. Eu nunca ligava para ela.

– Mãe, preciso de um favor – pedi, receando que ela se negasse.

– Você não está em horário de aula?

– Eu quero ir para casa – falei, segurando o choro.

– Como? Por quê?

– Explico quando chegar. Manda o motorista vir me buscar, por favor.

– O diretor Alexandre não vai permitir. Você está bem? O que aconteceu?

– Mãe, ele vai deixar, se você disser que é importante. Eu preciso sair daqui... – uma lágrima morna alcançou meus lábios.

– Achei que você tivesse entendido que é nesse colégio que vai estudar – reclamou, achando que fosse mais uma tentativa de sair dali.

– Não é isso – respirei fundo. – O Ricardo me traiu. – contei, sentindo uma mão invisível me sufocar.

– Ele a pegará em alguns minutos – disse, alterada. – Vou cancelar todos os meus compromissos de hoje e estarei em casa quando você chegar.

– Está bem – concordei, certa de que algum compromisso importante a impediria de cumprir a promessa.

Respirei aliviada assim que entrei na limusine preta de mamãe. Consegui sair sem encontrar nenhum aluno, uma vez que todos se encontravam em aula. Eu não pretendia voltar para lá nunca mais e nem minha mãe, nem ninguém me obrigaria a isso.

Minha mente divagou contra minha vontade, revendo a conversa com Ricardo e as revelações feitas por Mariana. Eu estava pronta para ficar sozinha, trancada em meu quarto.

Estranhamente, mamãe decidiu cumprir sua promessa e já se encontrava em casa quando cheguei. Ela me abraçou e disse que sentia muito. Senti meus braços pesados demais para retribuir o afeto.

– Estou bem, mãe. Não é como se alguém tivesse morrido – tentei minimizar a dor que me abatia.

– Como ele pôde? – perguntou, incrédula. – Ele parecia tão apaixonado por você – lamentou.

– Ele é um bom ator. Quem sabe você pode usá-lo em algum de seus filmes.

– Não, filha. Deve haver algum mal entendido. Eu tenho certeza que ele é louco por você – disse, confiante.

– Mãe, não! – gritei, hostil. – Não há mal entendido nenhum! – eu não podia ter esperança. – Ele nunca gostou de mim de verdade. Tudo não passou de uma farsa, de um plano idiota para separar você do pai dele! – revelei em um impulso.

– O quê? – perguntou, chocada.

– É isso mesmo – confirmei. – Na noite do baile, eu fui procurar você e o Ricardo estava comigo. Nós ouvimos sua conversa com o pai dele e eu propus que nós começássemos um namoro de mentira para separar vocês – contei, sentindo-me emocionalmente fraca para esconder qualquer coisa.

– Por quê? – murmurou, pálida como se visse um fantasma.

– Por quê?! – repeti, furiosa. – Porque vocês estavam falando em morar juntos! – exaltei-me. – Porque eu estou cansada de ter que seguir você para a casa dos seus namorados e ter que aguentar seus relacionamentos relâmpagos. Porque eu não entendo como você pode preferir gastar o seu pouco tempo livre com esses perdedores do que comigo!

Ela abriu e fechou a boca, em choque. Mamãe percebeu que o que eu dizia ia além de uma explicação sobre por que eu havia planejado separá-la do pai de Ricardo. O que eu dizia era algo que guardava para mim há muito tempo.

– Eu não sei por que você tem essa necessidade de ter sempre um homem ao seu lado – falei, agoniada. – Será que eu não sou o bastante?

– Não é isso – tentou se explicar. – É diferente.

– Você está sempre trabalhando e gasta seu pouco tempo livre com um namorado ou procurando um – acusei-a.

– Você está sendo injusta – ela balançou a cabeça, sem argumentos.

– Estou? – duvidei. – Quando foi a última vez que fizemos algo juntas? – perguntei. – Você nunca cumpre suas promessas. Nunca está por perto – continuei, disposta a falar, de uma vez por todas, tudo o que me incomodava.

– Você também não ajuda! – ela finalmente se exaltou, bombardeada por críticas. – Sempre distante, sempre furiosa comigo!

– Foi você quem me fez ser assim, mãe! – rebati, nervosa. – Eu cansei de sentir pena de mim mesma e cansei de esperar por você! – lágrimas escapavam contra minha vontade. – Quando você se tornou famosa, eu virei órfã.

– Amanda – chamou, mas eu já caminhava em direção ao quarto e não olhei para trás.

A discussão com mamãe consumiu o restante de minhas forças. Meu corpo estava exausto e adormeci após fechar as janelas. A escuridão me abrigou e eu me entreguei completamente à depressão que me enclausurava. Dormi por horas, usando o sono como um aliado que me tirava da realidade da qual eu tanto queria fugir.

Levantei para usar o banheiro e voltei a dormir. Mais tarde, mamãe trouxe uma bandeja com o jantar. Eu não sentia fome. Liguei a televisão e assisti a filmes até sentir sono novamente. Evitei qualquer gênero romântico e dei preferência aos filmes de ação e terror.

O dia seguinte foi quase igual. Alimentei-me um pouco melhor, porém permaneci na cama. Mamãe passava de vez em quando no quarto e eu estranhei que ela não estivesse trabalhando.

Nós não conversamos depois de nossa discussão e eu mal acreditava que havia finalmente desabafado todas as minhas frustrações em relação a ela. Ter-lhe dito o que eu sentia tirou grande parte do fardo que carregava há anos.

À noite, levantei para tomar banho e, na volta, peguei meu celular. Havia cinquenta e quatro chamadas perdidas e algumas mensagens. Metade das chamadas era de Maíra e Paulina, e a outra metade, de Ricardo. Considerei apagá-las sem ler, mas, enquanto decidia, meu polegar impulsivamente apertou a tecla, abrindo um dos recados de Ricardo.

"Onde você está? Você sumiu! Espero que esteja bem. Atende o celular e me liga assim que puder".

Depois de ler o primeiro, os seguintes foram abertos sem hesitação. Suas mensagens me deixaram confusa, triste e furiosa. Tudo ao mesmo tempo.

"O que houve? Suas amigas não sabem o que aconteceu e você não responde. Estou preocupado".

"Isso não tem a ver com ontem, não é? Você precisa acreditar em mim! Eu nunca magoaria você".

"Eu falei sério quando disse que amava você. Eu AMO".

XXVI. Confirmação

Eu queria responder que ele não precisava mais fingir que sentia algo por mim. Foi ele quem contou a Mariana sobre o nosso namoro de mentira e, no fim, Ricardo era exatamente o que eu temia: um mentiroso e traidor.

Abri as mensagens de Maíra e Paulina, que também demonstravam preocupação com meu sumiço. Eu me sentia culpada por abrir mão de nossa amizade por Ricardo, mas eu não pretendia voltar ao colégio. Eu morreria lentamente se tivesse que presenciar o relacionamento de Mariana e Ricardo.

Decidi desligar o celular para não correr o risco de receber novas mensagens e ceder à tentação de lê-las. A semana passou sem que eu deixasse meu quarto e mamãe começava a se preocupar.

Ela me pedia para lhe fazer companhia durante as refeições, mas eu me recusava, alegando que estava assistindo a um filme, o que, na maioria das vezes, era verdade.

Na sexta-feira, ela apareceu na porta do quarto. Acendeu a luz, cegando-me com a claridade. Depois de muitos protestos, reparei em seu rosto pálido e em sua expressão indecisa.

– Ricardo está lá embaixo. Ele quer subir para conversar com você.

– Não – protestei, sentindo meu coração acelerar. – Eu não quero vê-lo!

– Vocês precisam conversar – insistiu.

– Eu não tenho nada para falar com ele – continuei, decidida.

– Se ele não se importasse com você, não estaria aqui – disse, respeitando minha vontade, mas expressando sua opinião.

Uma hora depois, recebi a visita de Maíra e Paulina. A cena com mamãe se repetiu. Ela insistia que minhas amigas podiam ter informações sobre o mal entendido que ela acreditava existir, mas eu também me recusei a vê-las. "Eu quero ficar sozinha! Não quero ver ninguém!", gritei.

Eu preferia que mamãe voltasse a trabalhar, pois, assim, eu ficaria sozinha e em paz. Infelizmente, ela parecia ter decidido abrir mão de todos os seus compromissos, inclusive os do final de semana.

No sábado de manhã, ela levantou cedo e me acordou com uma bandeja de café da manhã.

– Não precisava disso, mãe. Não estou doente – falei, tomando um gole do suco.

– Você passou a semana nessa cama. Parece um vampiro, evitando a luz do sol – reclamou. – Você sempre foi tão forte, que é difícil vê-la assim.

– Eu não me sinto forte – murmurei, cabisbaixa. – Eu só preciso de tempo.

– Você está perdendo aula – ela lembrou.

– Eu só volto para aquele colégio morta – retruquei.

– Filha...

– Não, mãe. Pode me colocar em qualquer outro, e eu vou sem reclamar – assegurei-a. Ela suspirou. – Você não deveria estar trabalhando? – perguntei.

– Tirei alguns dias de folga – contou.

– Você nunca fez isso – estranhei. – Estou acostumada a ficar sozinha – falei. Ela se encolheu, culpada.

– Eu quero... – ela parou de falar, emocionada. – Quero ser a mãe que você merece, querida – continuou, os olhos marejados. – Eu sei que você deve achar que eu não importo com você, mas eu me importo muito – ela limpou as lágrimas que escorriam. – Depois que seu pai morreu, as coisas ficaram muito difíceis. Eu mal tinha dinheiro para comprar comida, e não poder lhe dar o melhor estava me enlouquecendo – contou. Eu permaneci em silêncio, atenta ao que ela dizia. – A fama pareceu a solução perfeita. Nós ficamos ricas tão rápido que eu esqueci o que era ter que batalhar para que não cortassem a energia. Mas eu acabei sendo seduzida pelos holofotes e por um sonho que tinha desde menina, de ser atriz, e acabei não dando atenção para a *minha* menina – continuou. – Não percebi o quanto isso foi errado e o quanto magoou você, o que me torna uma mãe pior ainda – ela segurou minhas mãos. – Eu não posso voltar atrás e consertar meus erros, mas, se você deixar, quero me esforçar, daqui para frente, para ser a melhor mãe que eu conseguir.

Ela propunha um novo começo, um novo relacionamento para nós duas. Eu mal acreditava no que ouvia e, pela primeira vez em dias, consegui ver uma luz no final do túnel.

– O que você acha? – perguntou, esperançosa.

Eu não tinha palavras para descrever o que sentia e, em um impulso, abracei-a com força. Em seus braços, eu me senti como uma criança, e toda a minha angústia se dissipou temporariamente. Era inevitável que eu tivesse de lidar com o resto do mundo, mais cedo ou mais tarde, mas eu fiquei feliz por ser mais tarde.

– Eu fiz reservas para nós duas em um hotel de Ilha Bela – contou, animada.

– Não sei, mãe. Não sinto vontade de fazer nada.

– Vai ser bom para você se afastar um pouco de tudo – insistiu, persuasiva.

– Para quando fez a reserva? – perguntei, atraída pela ideia de me afastar dali por alguns dias.

– Para esse final de semana. Podemos ir hoje mesmo. Voltamos domingo à noite – falou.

– E seu trabalho? – perguntei.

– *Você* é minha prioridade – assegurou-me, sorridente.

A viagem fez bem a nós duas. Fazia anos que não fazíamos algo sozinhas e eu tinha me esquecido de quão divertida era mamãe. Embora fôssemos diferentes, eu não podia negar que também havia parte dela em mim. Conversamos bastante e ela contou que havia terminado o relacionamento com o pai de Ricardo duas semanas atrás.

– Vocês terminaram por nossa culpa? – perguntei, tentando não pensar em Ricardo.

– Na verdade, eu terminei com ele porque ele queria tirar o filho do colégio – revelou.

– Para separar a gente? – indaguei, perplexa.

– Isso. Achei errado e percebi que ele não era o homem certo para mim – suspirou, pensativa. – Sei que você não quer falar sobre isso, mas eu realmente acho que você deveria conversar com Ricardo – disse, cautelosa.

– Não vejo por quê – dei de ombros.

– Você gosta muito dele, não é? – perguntou.

– Eu não sei mais quem é ele – falei, deprimida.

– Vocês precisam conversar – insistiu. – Nem que seja para colocar um ponto final.

– Não sei.

– Além disso, ele tem o direito de se explicar – defendeu.

– Ele não vai dizer nada que eu já não saiba – repliquei.

– Você não tem como saber disso – contrapôs.

A mera possibilidade de encontrá-lo me perturbava. Eu queria consertar o coração que ele havia quebrado e confrontá-lo apenas causaria mais dor. Por outro lado, ela tinha razão. Era preciso um ponto final.

O sol quente, a areia macia e o mar me ajudaram a relaxar e a organizar meus pensamentos. Não podia deixar o colégio, ou melhor, não queria, pois, ainda que a dor de ver Ricardo e Mariana me machucasse, eu nunca me perdoaria se abandonasse as amigas incríveis que encontrei lá.

Maíra e Paulina deviam estar confusas com meu sumiço e desapontadas por tê-las ignorado. Torcia para que entendessem por que eu não havia desabafado com elas. Falar apenas teria tornado tudo mais insuportável, e eu preferia sofrer em silêncio a ver outras pessoas sentindo pena de mim.

E não havia apenas dor. Uma mistura estranha de sentimentos se combinava caoticamente em meu coração: raiva, tristeza, dúvida e saudades. Eu odiava sentir saudades, mas havia me acostumado a ter Ricardo em minha vida e não tê-lo por perto me perturbava tanto quanto a ideia de vê-lo novamente.

No domingo à tarde, enquanto arrumava a mala para voltar para casa, decidi que continuaria no colégio. Contei a mamãe e ela sorriu, satisfeita. No entanto, ressaltei que aquela decisão poderia ser temporária. Eu não sabia se suportaria ver Ricardo todos os dias.

Ao voltarmos para a cidade, jantamos em nosso restaurante preferido e mamãe comentou como havia sido delicioso nosso final de semana juntas. Sem dúvida, havia muito a ser feito. A amizade, confiança e cumplicidade entre nós precisavam ser restauradas, e isso não ocorria do dia para a noite. Contudo, tinha sido o começo perfeito.

Em casa, demorei mais do que o normal para fazer a mala e ela percebeu. Mamãe me assegurou de que eu estava fazendo a coisa certa. Ela insistia que tudo não passava de um mal entendido e se recusava a acreditar que Ricardo havia mentido.

Também repetia que era bastante evidente que ele estava apaixonado por mim, e que eu precisava agir com paciência e discernimento quando chegasse o momento de ouvi-lo.

No caminho de volta ao colégio, pensei em suas palavras e me permiti considerar a possibilidade de ser verdade o que Ricardo dissera sobre a carta. Quem sabe houvesse uma explicação para Mariana saber sobre nosso plano. Talvez tudo não passasse de um mal entendido.

Entrei no colégio com a esperança renovada, olhando ao redor à procura de Ricardo. Paulo veio em direção a mim no instante em que me viu. Seu sorriso carismático me lembrou de suas investidas.

– Olá, sumida – cumprimentou.

– Oi – respondi, torcendo para ele não perguntar onde eu estivera.

– O que aconteceu? – perguntou.

– Viajei com minha mãe – disse, satisfeita por ser verdade. – Fomos para a praia.

– Legal! – sorriu, simpático. – Queria perguntar algo.

– Pode falar – respondi, torcendo para ele me deixar em paz.

– Queria saber se já tem planos para o final de semana – falou, olhando ao redor.

– Não, não tenho – respondi, sem entender. – Por que quer saber?

– Estou querendo ver o novo filme do Batman. Topa ir comigo? – perguntou casualmente.

– Ah – não entendia seu comportamento. – Eu achei que você fosse amigo do Ricardo.

– E sou – assentiu.

– Mas... – não fazia sentido.

– Não se preocupe. Ele me contou que o namoro de vocês era de mentira. Para separar o pai dele da sua mãe – comentou.

– Ele falou isso?

– Sim.

– Ele falou para você que nosso namoro era de mentira? – repeti.

– Sim. A Mariana foi quem acabou comemorando – comentou.

– Eles voltaram? – perguntei.

A urgência em saber era maior do que meu próprio orgulho. Eu vi a resposta em seu olhar.

– Não oficialmente – piscou sugestivamente.

– Sei – respondi secamente. – Vou para o quarto agora. Até depois.

Ele perguntou novamente sobre o convite para ir ao cinema, porém eu me fingi de surda enquanto apressava os passos.

Alguns alunos se viravam e cochichavam, conforme me viam, e eu caminhei ainda mais depressa. Todo o meu corpo parecia pesado e tive que redobrar o cuidado para não tropeçar em minhas próprias pernas. Não havia mais dúvida. A conversa com Paulo confirmou que eu não conhecia Ricardo. E que tudo estava acabado.

XXVII. Dias cinzentos

Entrei no quarto, tremendo. Maíra e Paulina não tinham chegado e eu fiquei grata por elas não me verem naquele estado. Lágrimas escorriam, uma atrás da outra, e eu respirei fundo, tentando reprimi-las.

O som de vozes me fez correr para o banheiro, onde eu me tranquei e lavei o rosto. Maíra e Paulina sorriram ao me ver e senti remorso por tê-las ignorado nos últimos dias.

– O que foi que aconteceu? – perguntou Maíra, franzindo as sobrancelhas em desaprovação.

– Você não atendeu nossas ligações! – reclamou Paulina, magoada.

– Sinto muito. Eu precisava de um tempo sozinha – não sabia como explicar. Dizer em voz alta era mais difícil do que tinha imaginado. – Descobri que Ricardo estava mentindo o tempo todo e que ele estava ficando com a Mariana pelas minhas costas – falei de uma vez, como um esparadrapo que se tira rápido para doer menos.

– O quê?! – exclamaram juntas.

– Sim – confirmei. – Vocês se lembram da carta? Naquela noite, eu encontrei os dois se beijando embaixo da escada – contei.

– Não é possível! – exclamou Paulina, boquiaberta.

– E o que ele disse? – perguntou Maíra.

– Ele falou que era uma armação e que ele também tinha recebido uma carta igual a minha.

– Então! – exclamou Maíra.

– Espera – pedi, desejando que as coisas fossem simples. – Quando ele foi me mostrar a carta, ele não a encontrou.

– Mas isso não significa que não seja verdade. É coincidência demais que vocês dois tenham recebido uma carta – disse Paulina.

– No dia seguinte, a Mariana veio falar comigo – continuei. – Ela disse que Ricardo tinha contado sobre nossos pais e que nosso namoro era uma mentira.

– Que venenosa! – esbravejou Maíra.

– Você não pode acreditar nela – disse Paulina.

– Eu queria não acreditar – falei, emocionalmente cansada. – Mas como ela poderia saber?

– Eles voltaram a ser amigos. Pode ser que ele tenha contado a ela, o que não significa que ele esteja com ela ou que não goste de você – ponderou Paulina.

– Ele é louco por você! Todo mundo consegue ver isso – disse Maíra.

– Eu não sei em que acreditar – massageei minhas têmporas. – Encontrei o Paulo agora pouco e ele também me disse que o Ricardo falou que nosso namoro era uma farsa.

– O mesmo Paulo que tem dado em cima de você desde que você entrou no colégio? – Maíra revirou os olhos.

– Você precisa conversar com o Ricardo – disse Paulina, séria. – Ele ficou que nem um louco atrás de você.

– Sempre perguntando se nós sabíamos o que tinha acontecido – completou Maíra.

– Ele foi em casa, mas não falei com ele – contei, recebendo um olhar de reprovação das duas.

– Ele deve estar acordado – Maíra olhou no relógio.

– Talvez seja melhor esperar até amanhã – falei, seduzida pela ideia de adiar aquele encontro.

– Pára de ser covarde! – provocou Maíra.

– Grrr – grunhi, irritada.

Respirei fundo e caminhei lentamente até a porta, adiando o momento de vê-lo. Meu coração acelerado refletia meu nervosismo. Havia poucos alunos nos corredores e não foi difícil encontrá-lo. Quando o vi, preferi não ter saído do quarto, porque Ricardo conversava com Mariana.

Ele mantinha os braços cruzados e o olhar sério, enquanto ela falava. Depois de tudo o que aconteceu, ele ainda dava atenção a ela. Meu sangue verteu, fervendo em minhas veias.

Seu olhar foi atraído por mim e Mariana percebeu. Ela me lançou um olhar frio e superior, e eu tive que me controlar para não atacá-la como no primeiro dia que cheguei ao colégio. Ricardo veio até mim, confuso.

– Onde você esteve? – perguntou, aborrecido.

– Precisava de um tempo para pensar – falei.

Eu tinha esquecido o quanto ele era bonito.

– Eu mandei várias mensagens, liguei um milhão de vezes e fui até a sua casa – reclamou.

– Eu precisava de um tempo – repeti, sentindo-me frágil.

– Por quê? – franziu o cenho.

– Por quê? Apenas porque vi meu namorado beijando a ex-namorada dele!

– Eu já expliquei que...

– E, como se não bastasse, encontro os dois conversando – reclamei, irritada.

– Ela estava me pedindo desculpas. É a primeira vez que conversamos desde aquela noite – contou.

– Que conveniente! – debochei.

– Você não acredita em mim? – perguntou, ofendido.

– Eu não sei – aquilo era desgastante. – A Mariana me disse que você falou que nosso namoro era uma mentira e que você só estava comigo para tentar separar nossos pais – contei.

– Isso é mentira! – protestou.

– E como ela sabia do nosso plano?

– Não tenho a menor ideia – disse, atordoado. – Mas eu nunca falei nada.

– O Paulo me falou a mesma coisa. Ele também está mentindo? – duvidei.

– Sim! – exaltou-se. – Eu não sei por que ele diria isso. Ele sabe que o namoro começou por causa do plano, mas que eu já estava apaixonado por você. Se quiser, podemos ir agora mesmo falar com ele. Por que você acredita no que os outros dizem, mas não acredita em mim? – continuou, frustrado.

– Porque você é um traidor e um mentiroso! – falei, arrependendo-me em seguida.

As feições de Ricardo se transformaram como se eu tivesse fincado uma adaga em suas costas. Abri a boca, pensando em qualquer coisa para amenizar o desconforto que havia lhe causado.

Não adiantava negar que eu não confiava nele. E ele percebeu isso. Seu silêncio durou longos segundos, porém eu preferia que as palavras seguintes nunca tivessem sido ditas.

– Você deveria saber que eu não sou mais aquela pessoa de antes – disse, magoado. – Posso ter errado antes, mas quem nunca errou? Eu disse o que sentia por você... – ele parou de falar, balançando a cabeça – foi a única vez que eu disse que *amava* alguém. A única vez que eu *senti* isso, mas parece que nem isso fez você entender. – Seu olhar se tornou frio e distante. – Eu não posso forçar você a confiar em mim, mas sei que não dá para continuarmos sem confiança.

Uma mão invisível que me sufocava não me deixou responder. Ele tinha razão e eu apenas consegui assentir. Ricardo esperou algum tempo, pensativo e infeliz.

– Acho que nunca deixei de ser o último homem do mundo para você.

Ele se afastou em direção ao dormitório masculino e eu esperei, petrificada, acompanhando cada passo que o distanciava de mim.

Voltei para o quarto com o coração pesado. Maíra e Paulina me perguntaram sobre a conversa e eu não resisti. Lágrimas caíram como em uma enxurrada sem fim.

Elas sofriam comigo e procuravam me tranquilizar, dizendo que tudo ficaria bem e que Ricardo e eu logo voltaríamos. Meu coração despedaçado me dizia o contrário.

Os próximos dias foram cinzentos e incompletos. Eu não tinha vontade de fazer nada e, se não fosse por Paulina e Maíra, provavelmente não teria conseguido sair da cama.

A desilusão que tivera com a infidelidade de meu ex-namorado não se comparava a um milésimo do sofrimento que sentia com o desfecho do meu relacionamento com Ricardo.

Eu sabia que a diferença estava no fato de que, pela primeira vez, eu tinha me apaixonado. Ricardo nunca saberia que eu também o amava.

Eu me acostumei a tê-lo em minha vida e, em algum momento, ele havia se tornado uma parte essencial de mim. Sua companhia me fazia muita falta e as lembranças de nosso tempo juntos me acompanhavam dia e noite. Elas eram como pedaços de vidro dentro de mim e me feriam quando eram reviradas. Não havia como voltar atrás, mas eu definitivamente não conseguia seguir em frente.

– Ele está tão arrasado quanto você. Vocês precisam conversar! Isso não faz sentido nenhum – reclamou Paulina.

– Se ele não gostasse de você, já estaria com outra – argumentou Maíra. – Você sabe que opções não faltam. E ele está aí, andando como um morto vivo pelo colégio, *sozinho!*

Ele parecia estar envolto em uma bolha, protegido e isolado. Muitas garotas ficaram eufóricas com a noticia de que ele estava solteiro e se ofereceram para consolá-lo, mas o boato que circulava era que ele queria ficar sozinho.

Mariana não perdeu tempo. Eu a via rodeando Ricardo como um leão que circunda a presa. E isso me deixava louca. Era fácil esquecer que ele não era mais meu namorado e que eu não tinha direito algum de me zangar. Assim, eu erguia minha armadura indestrutível para esconder o quanto suas investidas me incomodavam.

Reparei que Paulo e Ricardo não se falavam mais e logo se espalhou o boato que os dois tinham brigado. Concluí que o motivo só podia ter sido eu. Ricardo continuou andando com Rodolfo e seus outros amigos, enquanto Paulo se juntou a alguns alunos do primeiro ano.

Sentada em uma das cadeiras ao redor da piscina, eu tomava sol e Ricardo estava sentado do outro lado. A lente escura dos óculos permitia que eu o observasse sem restrições. Meu coração estava pesado e oco ao mesmo tempo. Cada dia que passava, eu me questionava mais se havia tomado a decisão certa.

"Você deveria saber que eu não sou mais aquela pessoa de antes", ele disse. Fechei os olhos e me lembrei do Ricardo de antes. Ele havia mudado e não tinha sentido negar isso. Mas como eu podia saber, com a certeza de que eu precisava, que essa mudança incluía seu lado traidor?

"Eu disse o que sentia por você. Foi a única vez que eu disse que amava alguém. A única vez que eu senti isso, mas parece que nem isso fez você entender". Meu rosto começou a arder e eu sabia o que aconteceria. Saí depressa, enquanto algumas lágrimas escorriam pelo meu rosto.

XXVIII. O grande risco

A inspetora Vilma foi me procurar no quarto e disse que o diretor Alexandre desejava conversar comigo.

– Oi – falei, sem ânimo.

– Olá! – ele disse, sorridente. – Faz algum tempo que não a vejo. Isso é um bom sinal – brincou – Como está?

– Bem – menti. – Você me chamou? – estranhei.

– Sim, pode se sentar – apontou a cadeira.

– Aconteceu alguma coisa? – pensei em mamãe.

– Não, fique tranquila – pediu, entregando-me um envelope.

– O que é isso?

– Recebi hoje. É daquele grupo cristão. Está endereçada a você – contou.

– Ah, obrigada – agradeci, surpresa.

Desde o baile, tantas coisas tinham acontecido, que eu nem me lembrei de visitá-los para ver como estavam.

– Tenho notado você diferente – ele comentou.

– Sem causar problemas? – perguntei, sarcástica.

– Não – riu. – Sem aquela energia vibrante capaz de criar e destruir qualquer coisa que esteja à sua frente.

– É assim que você me vê? – não contive o riso.

– Sei que não preciso me preocupar. Seja o que for que a esteja afligindo, conheço você o suficiente para saber que encontrará uma solução – falou, confiante.

– Obrigada – agradeci. Eu queria ter metade da fé que ele tinha em mim.

– Pode ir.

Alexandre era maravilhoso e eu nunca entenderia como podia ter uma filha tão insuportável. Eu era pequena demais quando meu pai morreu e não me lembrava dele, mas esperava que fosse como o diretor.

Fui para a biblioteca e procurei uma mesa vazia. Abri o envelope e sorri ao ver as fotografias. A casa que os jovens usavam havia sido reformada e estava irreconhecível.

Eles compraram camas, cadeiras, um fogão, uma geladeira e uma grande mesa de madeira. Algumas fotos mostravam os membros do grupo com as crianças, homens e mulheres que eles ajudavam.

Querida Amanda,
Estamos agradecidos pelo milagre que Deus fez através de você.
Mande um abraço ao Ricardo e venham nos visitar quando puderem.

P.S: Peçam permissão!

Grande abraço, do seu amigo, Davi.

– O que é isso? – uma voz familiar perguntou, fazendo meus batimentos acelerarem.

– Eu ia procurar você. Acabei de receber isso – apontei para as fotografias espalhadas na mesa.

– São do projeto? – Ricardo perguntou, observando-as com um sorriso que me tirou o fôlego.

– Sim. Vieram com esse bilhete do Davi – entreguei o papel a ele.

Ele leu em silêncio e eu o fitei, sentindo saudade dos dias em que podia tocá-lo.

– Que bom que conseguimos ajudá-los – disse, devolvendo o papel.

– Sim – concordei.

– Ricardo, você não vem? – perguntou Ana, uma aluna de nossa sala.

– Vou – respondeu. – Aula de reforço – disse para mim. Eu forcei um sorriso. – Tchau.

– Tchau.

Na sexta-feira, mamãe me buscou no colégio. Eu não esperava vê-la, mas, desde nossa conversa, ela se esforçava em ser uma mãe mais presente. Aquela semana cinzenta havia acabado e eu não sabia se estava feliz por não ter que encontrar com Ricardo, ou se estava triste pelo mesmo motivo.

– Como você está? – perguntou assim que me viu. Eu dei de ombros e abri um sorriso amarelo. – Conversou com ele?

– Sim – falei, desejando não ter tido aquela conversa.

– E?

– Nós terminamos.

– Não! – lamentou.

– Está tudo bem – menti.

– Vocês se amam. Não faz sentido terminarem – disse, inconformada.

– Eu não quero falar sobre isso – pedi.

Eu havia chorado todos os dias e esperava que o final de semana longe do colégio ajudasse a parar com isso. Mamãe não insistiu. Os papéis estavam invertidos. Geralmente, era ela quem ficava deprimida com o término de seus namoros. Dessa vez, era eu.

No domingo à noite, logo que voltei ao colégio, vi Ricardo conversando com uma mulher elegante e bonita. Eu a reconheci da fotografia que vi em seu quarto no dia da sua festa de aniversário. Era Sônia, sua mãe.

O olhar de Ricardo encontrou o meu e seu semblante ficou sério. Sônia se virou para ver o que havia atraído a atenção do filho. Ela falou algo e ele assentiu. Ela o abraçou e se despediu.

– Oi.

– Oi.

– Era sua mãe? – perguntei. Ele assentiu. – Vocês voltaram a se ver.

– Sim – disse, impassível.

– Isso é ótimo – comentei.

– É – murmurou. Ele parecia abatido.

Queria esticar os dedos e acariciar seu rosto, abraçá-lo e repousar minha cabeça em seu peito. A dor que sentia me sufocava. Seu olhar estava frio e distante e eu tentava pensar em algo para prolongar aquela conversa.

– É melhor eu ir – ele disse.

Mais uma semana se arrastou lentamente. A sensação de que uma parte vital de mim faltava era angustiante. A dor não passava e eu aprendia a conviver com ela, como um buraco vazio em meu peito. Maíra e Paulina tentavam me animar e eu passei a disfarçar meu sofrimento, para que elas não sofressem comigo.

Ricardo continuava sozinho, mas eu me preparava para o momento em que ele escolheria alguma das garotas que dariam tudo para ficar com ele. Paulo não havia desistido de mim e sua insistência me fez tomar uma decisão drástica. Se ele não havia entendido até então, eu precisava dizer de uma forma que não lhe restasse esperança.

– Não vou sair com você, porque não gosto de você – falei, fria. – Não me sinto atraída por você de maneira nenhuma e não adianta continuar me convidando. Você está perdendo seu tempo comigo.

Depois disso, ele finalmente me deixou em paz e passou a me ignorar por completo. No final de semana, mamãe propôs que fôssemos comer em nosso restaurante preferido. Eu não sentia vontade de sair, mas era incapaz de arruinar suas tentativas de me animar. Durante o jantar, ela fez algo inédito.

– Querida, eu quero contar a minha história com seu pai.

– Você nunca gostou de falar dele – falei, surpresa.

– Não é fácil – admitiu, emocionada. – Eu o amei muito.

Meu pai faleceu em um acidente de carro, quando eu tinha oito meses de vida. Eu sabia pouco sobre ele, pois mamãe ficava terrivelmente deprimida em falar sobre o assunto. Ele se chamava Antonio e trabalhava como professor em uma escola pública. Ela tinha algumas fotos dele e eu o achava muito bonito.

– Você não precisa – tentei confortá-la. Já bastava eu de infeliz.

– Eu quero – insistiu. – E acho que preciso – acrescentou, pensativa. – A primeira vez que o vi foi durante o aniversário de uma amiga. Ele era vizinho dela.

– Quantos anos vocês tinham? – perguntei, não querendo perder nenhum detalhe.

– Dezesseis. Foi amor à primeira vista – suspirou. – Nós começamos a namorar depois de poucos dias.

– Vocês eram felizes? – perguntei, pensando em Ricardo. Ele me fazia muito feliz.

– Sim – sorriu – mas nem tudo foi simples – fechou o semblante. – Os pais dele queriam mandá-lo para uma faculdade distante para ele estudar medicina. Quando perceberam que ele não queria ir por minha causa, tentaram nos separar.

– Eu não sabia disso – murmurei, fitando seus olhos marejados.

– Mas nada nesse mundo poderia nos afastar. Nosso amor era maior do que qualquer obstáculo – continuou. – Nós fugimos e nos casamos. Fomos para uma cidade pequena do interior e ele conseguiu trabalho em uma oficina, e eu, em uma lanchonete. Nós não tínhamos muito, mas tínhamos um ao outro, e isso bastava.

– Então...? – perguntei, receando a resposta.

Eu não estava certa se ela falaria de quando ele faleceu.

– Você veio – sorriu. – Nossa filha preciosa. Fruto do nosso amor.

– Como ele era? – eu queria uma imagem mais clara de sua personalidade.

– Ele era divertido, trabalhador, honesto, carinhoso e um ótimo pai. Ele me conhecia melhor do que eu mesma. E nós sabíamos o que o outro pensava ou sentia, antes mesmo de precisarmos dizer.

Percebi, então, o quanto ela sentia falta dele.

– Obrigada, mãe – agradeci.

– Você sabe por que eu decidi falar sobre ele? – perguntou. Eu balancei a cabeça. – Porque, quando eu o perdi, uma parte de mim morreu. Foi como se o mundo tivesse desabado e eu não soubesse mais como continuar, porque eu não *queria* continuar sem ele – disse, em meio a lágrimas. – Se soubesse que o perderia tão cedo, teria aproveitado cada segundo.

– Mãe...

– Foi quase impossível seguir em frente, e eu só consegui porque eu tinha que cuidar da nossa filhinha – retirou um lenço fino da bolsa, e enxugou as lágrimas. – Talvez a razão de ter tido tantos namoros seja porque eu nunca encontrei um amor como aquele. Nem perto. E isso é horrível, porque sou jovem e queria sentir aquilo de novo – então, ela me olhou, séria. – Não quero que você se arrependa da sua decisão. Eu não sei se você sente por ele o que senti por seu pai, mas, se você acha que sim, não deixe o medo, o orgulho, ou ninguém afastá-la dele.

– Mãe, não sei se ele mentiu para mim, ou se me traiu. Como eu posso saber se ele diz a verdade? – perguntei, confusa.

– Você não pode – disse, prática. – O amor é um risco e, se você não está disposta a se arriscar, então não é digna desse amor. A questão é: o amor de vocês *vale* esse risco?

– Sim! – respondi com toda a certeza do mundo. – Eu o *amo*.

– E o que está esperando para dizer isso a ele? – perguntou, rindo.

Corri para dentro de um táxi e dei as direções para a casa de Ricardo. Meu coração acelerou com a perspectiva de vê-lo. Uma mistura de sentimentos se mesclava dentro de mim: medo de rejeição, ansiedade e esperança.

"Como eu pude ser tão idiota em deixar você escapar", pensei, torturando a mim mesma. Afastei pensamentos que não me ajudariam e tentei me concentrar no que diria a ele. O táxi parou na frente da mansão dos Miliano e paguei o taxista.

Então, percebi que havia ignorado a possibilidade de Ricardo não estar lá. O antigo Ricardo nunca ficaria em casa em um sábado à noite. Eu devia ter ligado. Apertei o interfone.

– Boa noite. Quem fala?

– É a Amanda. Sou uma amiga do Ricardo. Ele está em casa?

O clima frio da noite me dava calafrios.

– Um momento, por favor.

Minha ansiedade aumentava a cada segundo. A espera me torturava. Talvez ele não me recebesse. Ou ele até me ouvisse, mas talvez seu coração já não tivesse lugar para mim.

Eu o havia machucado, chamando-o de mentiroso e traidor. Havia desprezado seu amor e escolhi acreditar nas palavras de pessoas que tinham interesses evidentes em nos separar.

O portão se moveu, e minhas pernas correram em direção à porta da casa. Ricardo estava lá, observando-me correr desesperadamente para encurtar o espaço incômodo que ainda nos separava.

Minha mente criou um pequeno filme de nossa história. As brigas, os beijos incríveis e a forma como ele foi lentamente me conquistando. Nossa fuga do colégio, nossa dança romântica durante o baile, nosso tempo maravilhoso na praia e a visão de Ricardo aparecendo em casa com sopa quando eu estava doente.

– Oi – falei, sem fôlego.

– Oi – pareceu surpreso. – O que você está fazendo aqui?

– Eu preciso falar com você – disse, aproximando-me.

– Você quer entrar? – perguntou.

– Não, eu preciso que você me escute – falei, acelerada.

– Tudo bem.

– Sinto muito – mal comecei, e meus olhos ficaram marejados. – Eu cometi o pior erro da minha vida quando perdi você – falei. Ricardo abriu a boca para falar, mas fiz um sinal para que me deixasse continuar. – Eu nunca deveria ter duvidado de você. Vi o quanto você mudou e eu sei a pessoa incrível que você é. Desde que começamos a namorar, você tem sido o melhor namorado que eu poderia pedir.

Sinto muito por ter estragado as coisas, e por ter machucado você. Eu confio em você, e vou fazer o que for preciso para compensar a dor que causei a nós dois. Apenas me diga que você ainda me ama, porque *eu amo você.*

Esperei por uma resposta. A noite fria fazia com que eu tremesse, mas a espera por sua reação era mais incômoda. Analisei seu belo rosto, e tentei lembrar se ele sempre havia sido tão perfeito.

– Você está enganada – disse, dando um passo à frente.

– O quê?

– Nunca me perdeu.

Em um movimento rápido, ele me puxou para perto, beijando-me apaixonadamente. Um vento forte e gelado rebateu em nossa direção, mas sua boca estava morna e seus braços envolviam meu corpo. Eu não senti mais frio.

* * *

No domingo à noite, chegamos juntos ao colégio. Os olhares de todos se voltaram em direção a nós, como se fôssemos protagonistas de um filme de sucesso. Ricardo achou graça, e acariciou as costas da minha mão.

– Você está bem? – perguntou.

– Melhor impossível.

Alguns meses atrás, eu odiava aquele lugar e arquitetava planos para ser expulsa. Eu não tinha amigas e Ricardo era o último homem do mundo para mim. Felizmente, nem sempre as coisas acontecem como imaginamos ou queremos, porque perderíamos surpresas maravilhosas, como amigas tão queridas quanto irmãs, e um namorado que me trata como a mulher mais especial do universo.

Algumas semanas depois, após começar a namorar uma garota do primeiro ano, e arrependido por ter perdido a amizade de Ricardo, Paulo resolveu se desculpar e contou a verdade. Eu nunca imaginaria que ele e Mariana tinham se unido para nos separar.

Ele revelou que foi ela quem teve a ideia de escrever as cartas e colocá-las nas portas de nossos quartos. Ricardo guardou a dele em uma gaveta e, assim que saiu, Paulo a furtou.

Foi também Paulo quem contou a Mariana sobre o relacionamento entre minha mãe e o pai de Ricardo, bem como sobre nosso plano em começar um namoro de mentira. Ricardo confidenciara aquilo a Paulo após o amigo ter reclamado de sua ausência no começo das férias, sem imaginar que ele usaria aquilo contra nós.

Se eu tivesse esperado esse tempo para procurar Ricardo, nossa história teria sido diferente. Na noite em que fui atrás dele, eu não tinha provas de que ele dizia a verdade, mas escolhi acreditar nele. Mais do que isso, naquela noite eu assumi o risco inerente àquela jornada única, perigosa e mágica chamada *amor.*

Em apoio à sustentabilidade e à preservação ambiental,
a LER Editora declara que este livro foi impresso com papel
produzido a partir de florestas cultivadas e renováveis
e que é inteiramente reciclável.